세마리 토끼 잡는 독서논술

D2

초5~초6

저자: 지에밥 창작연구소_

'지에밥'은 '찐 밥'이라는 뜻을 가진 순우리말로, 감주 · 막걸리 · 인절미 등 각종 음식의 재료를 뜻합니다.
'지에밥 창작연구소'는 차지고 윤기 나는 밥을 짓는 어머니의 정성처럼 좋은 내용으로 세상 모든 사람들에게
넉넉하게 쓰일 수 있는 지혜를 선물하고 싶습니다.

이 책을 쓴 지에밥 연구원들_

강영주(지에밥 창작연구소 소장, 빨간펜 논술, 기탄 국어 등 기획 개발), 김경선(동화작가 및 기획 편집자),
김혜란(동화작가, 아동문학가협회 회원), 왕입분(동화작가 및 기획 편집자), 우현옥(동화작가), 이현정(동화작가),
이혜수(기획 편집자), 이현정(동화작가 및 기획 편집자), 정성란(동화작가), 조은정(동화작가 및 기획 편집자),
최성옥(기획 편집자), 한현주(동화작가), 한화주(동화작가), 홍기운(동화작가 및 기획 편집자)

이 책을 감수한 선생님들_

권영민(서울대학교 국어국문학과 교수), 홍준의(서원대학교 과학교육과 교수),
김병구(숙명여자대학교 의사소통센터 교수), 문영진(전북대학교 국어교육과 교수), 조현일(원광대학교 국어교육과 교수),
김건우(대전대학교 국어국문학과 교수), 유호종(서울대학교 철학박사), 구자송(상암고등학교 국어 교사),
김영근(서울과학고등학교 국어 교사), 최영환(여의도고등학교 국어 교사), 구자관(한성과학고등학교 국어 교사),
윤성원(한성과학고등학교 국어 교사), 장원영(세화고등학교 역사 교사), 박영희(대왕중학교 과학 교사),
심선희(서울고등학교 과학 교사), 한문정(숙명여자고등학교 과학 교사)

세 마리 토끼 잡는 독서 논술 D2권

펴낸날 2023년 7월 15일 개정판 제6쇄
지은이 지에밥 창작연구소 | **연구원** 김지연, 조은정, 이자원, 차혜원, 박수희 | **펴낸이** 주민홍 | **펴낸곳** ㈜NE능률 | **디자인** framewalk | **삽화** 김석류(표지, 캐릭터) **영업** 한기영, 이경구, 박인규, 정철교, 김남준, 이우현 | **마케팅** 박혜선, 남경진, 이지원, 김여진 | **주소** 서울특별시 마포구 월드컵북로 396(상암동) 누리꿈스퀘어 비즈니스타워 10층(우편번호 03925) | **전화** (02)2014-7114 | **팩스** (02)3142-0356 | **홈페이지** www.nebooks.co.kr | **출판등록** 제1-68호
ISBN 979-11-253-3093-6 | 979-11-253-3114-8 (set)

펴낸날 2012년 3월 1일 1판 1쇄
기획 개발 지에밥 창작연구소 | **디자인 기획 진행** 고정선 | **디자인** 유정아, 박지인, 이가영, 김지희 | **삽화** 오유선, 안준석, 정현정, 윤은하, 김민석, 윤찬진, 정효빈, 김승민

제조년월 2023년 7월 **제조사명** ㈜NE능률 **제조국** 대한민국 **사용 연령** 12~13세

하루하루 성장하는
내 아이의 모습을 확인하길 바라며

프랑스의 유명한 정신 분석학자이자 철학자인 라캉은 인간이 성장한다는 것은 '상징계'에 편입되는 것이라고 말했습니다. 그가 말한 상징계란 '언어를 매개로 소통하는 체계'를 의미하는데, 우리가 살아가는 세상 혹은 사회가 바로 그것입니다. 결국 한 아이가 태어나서 정신적으로 성장하는 아동기에서 가장 중요한 것은 언어로 소통하는 능력을 키우는 일입니다. 〈세 마리 토끼 잡는 독서 논술〉은 이와 같은 점에 주목하여 기획하고 구성하였습니다.

첫째, 문자 언어를 비롯하여 그림, 도표 등 다양한 상징체계를 이해하는 과정을 통해 통합적인 언어 이해력을 키울 수 있도록 하였습니다.

둘째, 텍스트 이해력뿐만 아니라 추론 능력, 구성(표현) 능력, 비판적 사고 능력 등을 통합적으로 길러서 여러 가지 문제를 해결하는 데 실질적으로 도움이 될 수 있도록 하였습니다.

셋째, 초등 교육과정의 핵심 내용과 밀접하게 연계되도록 설계하였습니다.

부모님보다 더 훌륭한 스승은 없습니다. 〈세 마리 토끼 잡는 독서 논술〉은 부모님 이외의 다른 어떤 선생님도 필요 없습니다. 이 학습 프로그램을 통해서 하루하루 성장하는 내 아이의 모습을 확인하는 기쁨을 누리시길 바랍니다.

세 마리 **토**끼잡는 **독**서논술 이란?

어떤 책인가요?

하나의 주제와 관련된 다양한 글(동화, 시, 수필, 만화, 논설문, 설명문, 전기문 등)을 읽고 통합 교과적인 문제를 풀면서 감각적 언어 능력(작품의 이해와 감상)과 논리적 이해 능력(비문학의 구조, 추론, 적용 등), 국어 지식(어휘, 문법 등), 사회와 과학 내용 등을 통합적으로 익히는 독서 논술 프로그램 학습지입니다.

몇 단계, 몇 권인가요?

〈세 마리 토끼 잡는 독서 논술〉은 다음과 같이 총 5단계, 25권입니다.

단계	P단계	A단계	B단계	C단계	D단계
대상 학년	유아~초등 1년	초등 1년~2년	초등 2년~3년	초등 3년~4년	초등 5년~6년
권 수	5권	5권	5권	5권	5권

세 마리 토끼란?

'독서', '사고', '통합 교과'의 세 가지 영역을 말합니다. 즉, 한 권의 독서 논술 책으로 다양한 장르의 글을 읽을 수 있고, 논술 문제를 풀면서 사고력을 기를 수 있으며, 초등학교 주요 교과 내용과 연계된 문제를 풀면서 통합 교과 학습을 할 수 있습니다.

 독서
*각 단계에 맞게 초등학교의 주요 교과 내용을 주제로 정함.
*각 권의 주제와 관련된 글을 언어, 사회, 과학 등으로 나누어 읽을 수 있음.

 사고
*언어, 사회, 과학 등과 관련된 다양한 장르의 글을 읽고 논술 문제를 풀면서 생각하는 능력과 생각하는 폭을 확장할 수 있음.

 통합 교과
*다양한 장르의 글을 읽고 초등학교 국어, 사회, 과학 등의 학습 내용과 관련된 문제를 풀면서 통합 교과 학습을 할 수 있음.

하루에 세 장씩 꾸준히 학습하면 세 마리 토끼를 잡을 수 있어요.

하루에 세 장씩 학습하면 한 권을 한 달에 끝낼 수 있어요.

세마리 토끼잡는 독서논술 이런 점이 다릅니다

초등학교 교과 내용과 긴밀하게 연결되어 있습니다.
각 단계의 권별 내용과 문제는 그 단계에 맞는 학년의 주요 교과 내용과 긴밀하게 연결되어 교과 학습에 도움을 줍니다.

하나의 주제를 통합 교과적으로 접근합니다.
각 권마다 하나의 주제가 있고, 그 주제를 언어, 사회, 과학과 연결시켜서 사고를 확장할 수 있게 하였습니다. 그리고 여러 교과와 연계된 문제를 풀면서 통합 교과적인 사고를 할 수 있습니다.

다양한 서술·논술형 문제를 풀 수 있습니다.
매 페이지마다 통합 교과 논술 문제를 제시하여 생각하는 힘과 표현력을 키울 수 있는 것은 물론 학교 시험에서 강화되고 있는 서술·논술형 문제에 대비할 수 있습니다.

다양한 장르의 글을 접할 수 있습니다.
각 주제와 관련된 명작 동화, 창작 동화, 전래 동화, 설화, 설명문, 논설문, 수필, 시, 만화, 전기문 등 다양한 장르의 글을 읽으면서 각 장르의 특성을 체험하며 독서하는 습관을 기를 수 있습니다. 특히 현재 왕성하게 활동하고 있는 여러 동화 작가의 뛰어난 창작 동화가 20여 편 수록되어 있습니다.

수준 높은 그림을 많이 제시하여 흥미롭게 학습할 수 있습니다.
어린이들은 글과 그림이 조화를 이룬 책으로 공부할 때 학습 효과를 높일 수 있습니다. 또한 좋은 그림은 어린이들의 정서 발달에 도움을 줍니다. 이런 점을 생각하여 한 페이지를 넘길 때마다 수준 높은 그림을 제시하여 어린이들이 흥미롭게 학습할 수 있도록 하였습니다.

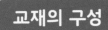

세 마리 토끼잡는 독서논술은 이렇게 구성되었습니다

독서 전 활동 생각 열기

★ 한 주의 학습을 시작하기 전에 주제와 관련된 사진이나 그림을 보고, 앞으로 학습할 내용에 대해 흥미를 가질 수 있도록 하였습니다.

★ '생각 톡톡'의 문제를 풀면서 주제에 대한 자신의 경험이나 평소 생각을 돌이켜 보며 앞으로 학습할 내용을 짐작할 수 있도록 하였습니다.

★ 통합 교과 활동과 이어질 교과서의 연계 교과를 보며 교과 내용을 참고할 수 있도록 하였습니다.

독서 중 활동 깊고 넓게 생각하기

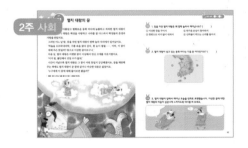

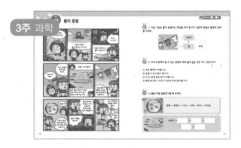

★ 한 권에 하나의 주제가 있고, 그 주제를 언어, 사회, 과학으로 나누어서 다양한 장르의 글을 읽으며 통합 교과 문제와 논술 문제를 풀 수 있도록 구성하였습니다.

★ 1주는 언어, 2주는 사회, 3주는 과학과 관련된 제재로 구성하였고, 4주는 초등 교과에서 다루고 있는 여러 가지 장르별 글쓰기(일기, 동시, 관찰 기록문, 기행문, 독서 감상문, 기사문, 논설문, 설명문, 희곡 등)와 명화 감상, 체험 학습 등의 통합 교과 활동으로 구성하였습니다.

독서 후 활동　생각 정리하기

되돌아봐요

★ 앞에서 읽은 글을 돌이켜 보면서 이야기의 흐름과 중심 생각을 파악하고, 더 나아가 자신의 생각을 발전시키는 문제를 풀 수 있도록 하였습니다. 이를 통해 한 주 동안 읽고 생각한 내용을 머릿속에서 차근차근 정리할 수 있습니다.

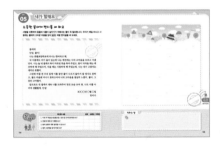

내가 할래요

★ 주제와 관련된 여러 가지 활동을 하며 한 주의 학습을 마무리할 수 있도록 하였습니다. 종이접기, 편지 쓰기, 그림 그리기 등 재미있는 활동을 하며 창의력과 상상력을 키울 수 있습니다.

★ 한 주의 학습이 끝난 다음 체크 리스트를 통해 학습한 주요 내용을 잘 이해하고 적용할 수 있는지 평가할 수 있습니다.

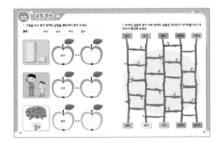

낱말 쏙쏙 (유아 P단계)

★ 한 주 동안 글을 읽으며 새로이 배운 낱말들을 그림과 더불어 살펴보고 익힐 수 있습니다.

궁금해요 (초등 A~D단계)

★ 한 주 동안 읽은 글이나 주제와 관련된 배경지식을 제공하여 앞에서 학습한 내용을 좀 더 깊이 이해할 수 있습니다.

세 마리 토끼잡는 독서논술 의 커리큘럼

단계	권	주제	제재			
			언어(1주)	사회(2주)	과학(3주)	통합 활동 장르별 글쓰기(4주)
P (유아 ~초1)	1	나의 몸 살피기	뾰족성의 거울 왕비	주먹이	구슬아, 어디로 가니?	몸 튼튼, 마음 튼튼
	2	예절 지키기	여우와 두루미	고양이가 달라졌어요	비비네 집으로 놀러 와!	안녕하세요?
	3	친구와 사귀기	하얀 토끼, 까만 토끼	오성과 한음	내 친구를 자랑합니다!	거꾸로 도깨비 나라
	4	상상의 즐거움	헤라클레스의 모험	용용 죽겠지?	나는야 좋은 바이러스	상상이 날개를 달았어요
	5	정리와 준비의 필요성	지우개야, 고마워!	소가 된 게으름뱅이	개미 때문에, 안 돼~!	색깔아, 모양아! 여기 모여라!
A (초1 ~초2)	1	스스로 하기	내가 해 볼래요!	탈무드로 알아보는 스스로 하는 힘	우리도 스스로 잘 살아요	일기를 써 봐요
	2	가족의 소중함	파랑새	곰이 된 아빠	동물들의 특별한 아기 기르기	편지를 써 봐요
	3	놀이의 즐거움	꼬부랑 할머니와 흰 눈썹 호랑이	한 번도 못 해 본 놀이	동물 친구들도 노는 게 좋대요	머리가 좋아지는 똑똑한 놀이
	4	계절의 멋	하늘 공주가 그린 사계절	눈의 여왕	나뭇잎을 관찰해요	동시를 써 봐요
	5	자연 보호	세모산 솔이	꿀벌 마야의 모험	파브르 곤충기 (송장벌레)	관찰 기록문을 써 봐요
B (초2 ~초3)	1	학교생활	사랑의 학교	섬마을 학교가 좋아졌어요	우리 반 사고뭉치 기동이	소개하는 글을 써 봐요
	2	호기심 과학	불개 이야기	시턴 "동물기" (위대한 통신 비둘기 아노스)	물을 훔쳐 간 범인을 찾아라!	안내하는 글을 써 봐요
	3	여행의 즐거움	하나의 빨간 모자	15소년 표류기	갯벌 탐사 여행	기행문을 써 봐요
	4	즐거운 책 읽기	행복한 왕자	멸치 대왕의 꿈	물의 여행	독서 감상문을 써 봐요
	5	박물관 나들이	민속 박물관에는 팡이가 산다	재미있는 세계 이야기 박물관	과학관으로 놀러 오세요	광고하는 글을 써 봐요

단계	권	주제	제재			
			언어(1주)	사회(2주)	과학(3주)	통합 활동 장르별 글쓰기(4주)
C (초3 ~초4)	1	교통의 발달	자동차의 왕, 헨리 포드	당나귀를 타려다가……	교통수단, 사람들 사이를 잇다	명화 속 교통수단
	2	날씨와 환경	그리스 로마 신화	북극 소년 피터	생활 속 과학	날씨와 생활
	3	나누며 사는 삶	마더 테레사	민들레 국숫집	지진과 화산	주장하는 글을 써 봐요
	4	지역의 자연환경	울산 바위의 유래	우리 마을이 최고야!	아름다운 우리 고장	우리 마을 지도를 그려 봐요
	5	지역의 문화	준치가 메기 된 날	강릉의 딸, 겨레의 어머니 신사임당	우리나라 풀꽃 이야기	지역 특산물을 소개해 봐요
D (초5 ~초6)	1	우리 역사	삼국유사	옛날 사람들은 어떻게 살았을까?	역사를 바꾼 겨레 과학	지붕 없는 박물관, 경주 역사 유적 지구
	2	문화재	반야산 불상의 전설	난중일기	우리 문화에 숨어 있는 과학	설명하는 글은 어떻게 쓸까요?
	3	경제생활	탈무드로 만나는 경제	나눔을 실천한 기업가 유일한	재미있는 확률 이야기	기사문은 어떻게 쓸까요?
	4	정보화 사회	컴퓨터 천재 빌 게이츠	봉수와 파발	컴퓨터와 인터넷 세상	연설문은 어떻게 쓸까요?
	5	세계와 우주	우주를 여행하는 과학자 스티븐 호킹	80일간의 세계 일주	별과 우주	희곡은 어떻게 쓸까요?

각 학년의 교과와
연계된 주제로 다양한 글을
읽을 수 있어요.

세 마리 토끼 잡는 독서 논술 이렇게 공부하세요

자신 있게 학습할 수 있는 단계를 선택하세요.

〈세 마리 토끼 잡는 독서 논술〉은 어린이 개인의 능력에 따라 단계를 선택하여 학습할 수 있는 교재입니다. 학년과 상관없이 자신이 자신 있게 학습할 수 있는 단계부터 선택하는 것이 중요합니다. 너무 어려운 단계나 너무 쉬운 단계를 선택하면 학습에 흥미를 잃을 수 있으므로 주의하세요.

한 주 동안 읽어야 할 독서 자료를 미리 읽으세요.

한 주 동안 읽어야 할 독서 자료를 미리 읽고 전체 내용을 파악한 다음, 매일 3장씩 읽고 문제를 푸는 것이 독서 학습을 하는 데 효과적입니다. 독서에는 흐름이 있습니다. 전체의 흐름을 미리 알고 세부적인 문제를 푸는 것이 사고력 확장에 도움이 됩니다.

매일 3장씩 꾸준히 공부하세요.

'가랑비에 옷이 젖는다.'라는 속담처럼 매일 꾸준히 3장씩 읽고, 생각하고, 표현하다 보면 독서, 사고, 통합 교과적 사고 능력이 성장한다는 것을 느낄 수 있을 것입니다. 그리고 매일 학습을 마친 뒤에는 '1일 학습 끝!' 붙임 딱지를 붙이면서 성취감을 느껴 보세요.

한 주 학습을 마친 후 자기 평가를 해 보세요.

한 주 학습이 끝난 다음에는 체크 리스트를 통해 학습한 내용을 얼마나 이해하고 적용할 수 있는지 스스로 평가해 보세요. 그래서 부족한 부분이 있다면 다시 한번 짚고 넘어가세요.

부모님과 깊이 있는 대화를 나누어 보세요.

한 주 동안 독서 자료를 읽고 문제를 풀면서 생각하고 표현해 보았다면, 그 주제에 대해 부모님과 이야기를 나누어 보세요. 주제에 대해 자신이 새롭게 알게 된 것이나 다르게 생각하게 된 것을 부모님과 이야기하다 보면 생각이 더욱 커진답니다.

한 주 학습표

일	월	화	수	목	금	토

★ 한 주 동안 읽어야 할 독서 자료 미리 읽기

★ 매일 3장씩 학습하기 → '1일 학습 끝!' 붙임 딱지 붙이기 → 한 주 학습이 끝나면 체크 리스트를 보며 평가하기

★ 부족한 부분 되짚기
★ 주요 내용 복습하기

세마리 토끼 잡는 독서 논술

D단계 2권

주제	주	제목	교과 연계 내용
문화재	언어(1주)	반야산 불상의 전설	[국어 6-1] 비유적 표현의 특징과 효과 이해하기
			[사회 5-2] 고려 시대 불교의 영향에 대해 알아보기
	사회(2주)	난중일기	[국어 6-1] 전기문에 나타난 시대 상황과 인물의 업적, 태도 알아보기
			[사회 5-2] 임진왜란에 대해 알아보기
	과학(3주)	우리 문화에 숨어 있는 과학	[사회 5-2] 고려의 과학 기술 알아보기, 조선의 문화와 과학의 발달 알아보기
			[사회 6-2] 자연과 인간의 관계 알아보기
			[과학 5-2] 습도 측정하는 법 알아보기, 습도가 우리 생활에 미치는 영향 알아보기, 물체를 움직이는 여러 가지 힘에 대해 알아보기
	통합 활동/ 장르별 글쓰기 (4주)	설명하는 글은 어떻게 쓸까요?	[국어 5-1] 대상을 설명하는 방법 알아보기, 글 쓰는 과정을 알고 바르게 표현하기
			[국어 5-2] 여러 가지 매체를 활용해 자료를 찾고 중요한 내용 정리하기
			[국어 6-2] 글쓴이의 의도나 목적을 파악하며 글을 읽는 방법 알아보기

생각톡톡 우리나라 문화재 중에는 불교의 영향으로 만들어진 것이 많습니다. 불교와 관련 있는 것을 보기 에서 모두 찾아 쓰세요.

보기 고목나무   불상   목탁   십자가

(   )

관련교과 [국어 6-1] 비유적 표현의 특징과 효과 이해하기
[사회 5-2] 고려 시대 불교의 영향에 대해 알아보기

1주

반야산 불상의 전설

반야산 불상의 전설

*불상: 나무·돌·쇠·흙 등으로 부처의 모습을 표현한 상.

무더운 여름날, 한 나그네가 길을 가고 있었다.

옷이 흠뻑 젖도록 땀을 흘리며 걷던 나그네는 나무 그늘 밑에 도착해서야 걸음을 멈추고 땀을 닦았다. 겨우 숨을 고르며 갈 길을 멀리 내다보는데, 저 멀리 눈길을 단번에 사로잡는 신기한 돌 조각상이 보였다. 멀리 있는 사람도 한눈에 볼 수 있을 만큼 신기하고 환한 빛을 내는 커다란 불상이었다.

"이야! 정말 놀라운 불상인걸. 저렇게 멀리 있는데도 바로 앞에 있는 것처럼 또렷이 보이는군."

나그네는 커다란 불상에서 눈을 떼지 못했다.

"무엇이 그리 신기한가?"

때마침 산에서 나무를 하고 내려오던 나이 지긋한 나무꾼이 다가와 말을 걸었다.

"저 불상 말입니다. 어딘지 모르게 신기한 기운이 느껴져서요."

"그렇지. 저 불상은 매우 특별하다네. 불상에 얽힌 전설도 있지."

전설이 있다는 말에 나그네는 불상에 더 마음이 끌렸다.

"혹시 그 전설 좀 들을 수 있을까요? 어떤 이야기가 담겨 있는지 정말 궁금합니다."

나그네의 부탁에 나무꾼은 헛기침을 몇 번 하고는 이야기를 시작했다.

*불상: 나무·돌·쇠·흙 등으로 부처의 모습을 표현한 상.

사회 탐구 1. 우리나라에는 불교 문화재가 많이 있습니다. 다음 중 불교와 직접적인 관련이 있는 문화재가 <u>아닌</u> 것은 어느 것인가요? (   )

①    ②    ③    ④

언어 2. 이 글에 이어질 이야기로 알맞은 것은 무엇인가요? (   )

① 불교의 유래   ② 마을의 전설
③ 불상에 대한 전설   ④ 나그네의 여행담
⑤ 나무꾼이 장터에 간 이야기

논술 3. 우리나라의 문화재에는 전설이 얽혀 있는 경우가 많습니다. 전설에 대한 다음 설명을 읽고 문화재에 전설이 얽혀 있는 까닭을 써 보세요.

- 전설은 민담처럼 사람의 입을 통해 전해 내려오거나, 이야기로 기록되었다.
- 전설은 어떤 존재에 대한 유래나 내력, 혹은 이상한 체험 등을 소재로 한다.
- 전설은 허구적인 성격이 강하지만 당시의 가치관과 생활 모습을 짐작할 수 있어 역사를 살피는 중요한 자료가 된다.

응애
응애

　자, 그럼 내 말 잘 들어 보게.

　옛날 반야산 아랫마을에 사는 한 할머니가 어느 날 나물을 캐러 산으로 갔다네. 흥얼흥얼
콧노래를 부르며 산나물을 캐러 천천히 산을 올랐더랬지. 얼마 가지 않아 할머니는 파릇한
산나물을 찾았어.

　"아이고, 겨우내 꼭꼭 숨어 있다 이제 나왔구나. 고것 참, 먹음직하군."

　할머니는 얼른 그곳에 쪼그려 앉아 산나물을 캐기 시작했지. 뿌리까지 조심스럽게 캔 뒤
뿌리에 붙어 있는 흙을 살살 털어 내곤 바구니에 담았다네.

　"조물조물 향긋한 산나물 무침도 하고, 보글보글 구수한 된장찌개도 끓이자."

　할머니는 가족에게 맛난 영양식을 해 줄 생각에 신이 났어.

　그런데 그때 산속 어딘가에서 "응애응애!" 아기 울음소리가 들리지 않았겠나?

　"웬 아기 울음소리지?"

　산속에서 아기 울음소리가 들리자 할머니는 이상한 일이라 생각했지.

　"응애응애! 응애응애!"

　이번에는 더 또렷하게 아기 울음소리가 들렸어. 할머니는 심상치 않은 일이라 생각하고
부랴부랴 소리가 나는 곳으로 가 보았지.

언어 1. 이 글의 처음 부분에 나온 "자, 그럼 내 말 잘 들어 보게."는 누가 한 말인가요?

(   )

① 나무   ② 불상   ③ 나그네   ④ 나무꾼   ⑤ 할머니

과학 탐구 2. 산나물을 캐러 간 할머니의 이야기를 통해 이 글의 시간적 배경이 봄이라는 것을 알 수 있습니다. 다음 설명에 알맞은 계절을 찾아 줄로 이으세요.

(1) 낮이 서서히 길어지기 시작하고, 기온이 점점 올라간다.   •

• ㉠

(2) 1년 중 밤이 가장 길고, 건조한 편이다.   •

• ㉡

(3) 비가 많이 오고, 무더운 날씨가 계속된다.   •

• ㉢

(4) 밤이 서서히 길어지기 시작하며, 기온이 점점 낮아진다.   •

• ㉣

논술 3. 우리나라는 사계절이 뚜렷합니다. 사계절이 뚜렷한 것은 어떤 좋은 점과 나쁜 점이 있을지 써 보세요.

"어이쿠! 이게 웬일이야."

아기 울음소리를 쫓아 깊은 산속으로 들어간 할머니는 눈앞에 펼쳐진 광경을 보고 털썩 주저앉고 말았다네. 할머니 생전에 그런 놀라운 광경은 처음 봤을 거야.

신기하게도 그곳에는 아기가 없었어. 할머니가 도착하자마자 울음소리가 뚝 그치고 커다란 바위 하나가 땅에서 솟아오르더래. 그런데 그 모양이 마치 어미가 아기를 업은 모양이었다지 뭔가.

"아이고, 이게 무슨 조화*일까?"

놀란 할머니는 그길로 산을 내려왔어. 그리고 마을 사람들을 붙잡고 산에서 본 이상한 바위 이야기를 들려주었지.

"바위가 땅에서 솟아오르다니 그것참 신기하군."

"아기를 업은 모양이라니 우리도 한번 가서 구경해 보세."

사람들은 너도나도 산으로 올라가서 신기한 바위를 확인했지만, 바위에는 신비한 기운이 있는지라 함부로 만질 수 없었다네.

이 일은 곧 온 동네 사람들에게 알려졌고 관아에도 전해졌어. 그리고 관아의 원님은 마을에 신기한 일이 있다며 임금님이 계시는 궁궐에 알렸지.

* **조화**: 어떻게 이루어진 것인지 알 수 없을 정도로 신통하게 된 일.

1. 신기한 바위에 대한 이야기가 궁궐까지 전해진 과정을 순서대로 번호를 쓰세요.

①
원님이 마을에 생긴 일을 궁궐에 계신 임금님께 알렸다.

②
할머니가 산속에서 땅에서 솟은 신기한 바위를 보았다.

③
사람들의 입을 통해 신기한 바위 이야기가 퍼졌다.

④
할머니가 사람들에게 신기한 바위 이야기를 들려주었다.

(   ) → (   ) → (   ) → (   )

사회 탐구 **2.** 옛날 각 마을에 있던 관아처럼 오늘날 우리나라는 각 지방에 시청이나 구청을 두어 지역 살림을 맡기고 있습니다. 이와 같은 제도를 무엇이라고 하나요? (   )

① 삼심 제도   ② 사형 제도   ③ 선거 제도
④ 지방 자치 제도   ⑤ 사회 보장 제도

논술 **3.** 이 글에서 바위가 땅에서 솟아난 것처럼 전설에는 믿기 어려운 일이 많은데, 우리는 이것을 어떻게 받아들여야 할까요? 아래 두 친구의 주장을 읽어 보고 여러분의 생각을 써 보세요.

> 다 말도 안 되는 이야기야. 전설은 재미있지만 엉터리가 많아서 그냥 가볍게 읽고 넘어가는 게 좋아.

> 비과학적이라고 무시할 수는 없어. 전설에는 상징적인 내용이 많거든. 전설에 담긴 이야기가 당시 사람들의 간절한 소망일 수도 있잖아.

궁궐도 발칵 뒤집혔지. 신하들은 모이기만 하면 수군거렸고, 임금님도 점을 치는 역관들을 불러 어찌 된 일인지 물었다네. 하지만 역관들도 보지도 듣지도 못한 일이라 좋은 답을 내놓지 못했어.

"여봐라, 반야산에 나타난 신기한 바위를 어찌하면 좋겠느냐?"

임금님은 신하들을 모두 불러 생각을 물었어. 하지만 신하들이라고 뭐 뾰족한 수가 있었겠나.

"휴, 답답한지고!"

임금님은 크게 한숨을 내쉬었어. 나라에 신비한 일이 생기면 백성들이 불안해할 수도 있기 때문에 임금님과 관리들이 앞장서서 빨리 원인을 알아보고 문제를 해결해야 하는데, 그렇지 못하니 답답할 노릇이긴 했지.

"폐하, 그 바위는 신비한 것이니 그것으로 불상을 만드는 것이 어떨까 합니다."

그때 지혜로운 신하 한 명이 앞으로 나서며 임금님에게 말했어.

"그래, 그것참 좋은 생각이구나. 땅에서 솟아오른 신기한 바위니 불상을 만들어 백성들에게 불공을 드리게 하면 백성들이 마음의 평안을 얻을 것이다."

임금님은 당장 불심이 깊은 혜명 스님을 불러 반야산의 신기한 바위로 불상을 만들라고 명했다네.

※ **불심**: 깊이 깨달아 속세의 번뇌에 빠져 흐려지지 않는 마음.

언어 1. 이 글에서 알 수 있는 임금님의 고민은 무엇인가요? (   )

① 불상의 크기　　　　　② 바위의 크기　　　　　③ 불상의 모양
④ 백성의 가난　　　　　⑤ 신기한 바위의 처리 방법

사회 탐구 2. 우리 민속 신앙 중에는 백성들의 마음을 위로하고 염원을 담아 만든 것들이 많습니다. 다음 중 그러한 구실을 하는 것을 모두 골라 ◯표를 하세요.

(1)

장독대 (   )

(2)

서낭당 (   )

(3)

솟대 (   )

(4)

장승 (   )

(5)

징검다리 (   )

논술 3. 이 글에서 임금님은 불상으로 백성들의 마음을 위로하고자 하였습니다. 한 나라의 임금님이라면 백성들을 위해 어떤 노력을 해야 할지 써 보세요.

　임금님의 명을 받은 혜명 스님은 곧장 반야산으로 달려가 신기한 바위를 살폈다네. 전해 들은 이야기처럼 어미가 아기를 업은 것처럼 이상하게 생긴 바위였지.

　혜명 스님은 바위 앞에서 합장을 하며 먼저 절을 올렸어.

　"이것도 다 부처님의 뜻이지. 부처님이 이 땅의 백성들을 위해 친히 모습을 드러낸 것임이 틀림없어. 하지만 이 바위로 어떻게 불상을 만든담?"

　혜명 스님은 바위를 바라보며 한참 고민했지. 부처님의 뜻이 담긴 신기한 바위를 함부로 깎을 수 없잖은가.

　"그래, 이 모양 그대로 세상에서 가장 큰 불상을 만들자. 세상 어디서든 백성을 굽어 살필 수 있는 불상을 만드는 거야."

　혜명 스님은 곧 최고의 솜씨를 가진 석수장이*를 찾았다네. 그리고 석수장이에게 신기한 바위로 불상의 몸통을 만들라고 했지.

　"그럼 불상의 머리는 무엇으로 만든답니까?"

　"불상의 머리를 만들 바위는 내가 다시 찾아볼 테니 먼저 몸통부터 만들게."

　혜명 스님은 그렇게 당부를 하고 바위를 찾아 나섰어.

＊ **석수장이**: 돌을 다루어 물건을 만드는 사람.

사회 탐구 1. 불교는 삼국 시대에 화려하게 꽃을 피웠습니다. 삼국 중 다음에서 설명하는 나라의 이름을 쓰세요.

▲ 백제 금동 대향로

부여계의 이주민들이 한강 유역에 정착하여 세운 나라로, 도읍을 웅진, 사비로 옮기면서 독창적인 문화를 발전시켰다. 특히 사비에 도읍을 정한 뒤로는 불교문화가 화려하게 꽃피웠다. 부여를 중심으로 많은 사찰을 세웠으며, '백제 금동 대향로'와 같은 뛰어난 불교 공예품들을 제작하여 유산으로 남겼다.

(   )

언어 2. 이 글에 나오는 석수장이는 돌을 잘 다루는 전문가를 뜻합니다. 다음 중 바르게 쓰인 낱말을 모두 골라 ◯표를 하세요.

(1) 칠장이 (   )   (2) 도배쟁이 (   )   (3) 양복쟁이 (   )
(4) 옹기장이 (   )   (5) 대장장이 (   )

논술 3. 이 글에 나오는 석수장이처럼 한 분야의 전문가가 되는 일은 쉽지 않습니다. 여러분은 어떤 일의 전문가가 되고 싶은가요? 그 전문가가 되기 위해 어떤 노력을 할지도 생각해서 함께 써 보세요.

큰 몸통에 어울릴 만한 큰 바위를 찾는 일은 쉽지 않았지만 혜명 스님은 먼 곳까지 헤매고 다니면서 부지런히 바위를 찾았어. 그리고 곧 몸통에 어울릴 만한 크고 멋진 바위를 찾아냈다네.

"바위 색깔이며 단단함이 몸통과 잘 어울리겠군. 산속을 헤맨 보람이 있구나."

혜명 스님은 크게 기뻐하며 바위를 석수장이에게 가져다주었지. 이미 몸통을 완성해 놓은 석수장이는 머리가 될 바위를 다듬기 시작했다네. 만들고자 하는 불상이 워낙 커서 다듬는 데 수십 일이 걸렸어.

그런데 머리와 몸통을 다 만들고 보니 또 다른 고민이 생겼지 뭔가.

"저 큰 불상 머리를 어떻게 몸통 위로 올리지?"

장사 수십 명이 달려들어도 불가능한 일이었지. 혜명 스님은 불상 머리를 몸통 위로 올릴 방법을 오랫동안 고민했다네.

그러던 어느 날, 혜명 스님은 길을 가다 세 명의 어린아이가 큰 찰흙 덩어리로 불상을 만드는 모습을 보게 되었다네. 아이들은 각자 나누어서 다리와 몸통, 머리를 만들었지. 하지만 어찌나 크게 만들었는지 척 봐도 아이들이 들어 몸을 세우기에는 힘들어 보였어. 혜명 스님은 아이들이 어떻게 하는지 가만히 지켜보았다네.

언어 1. 이 글에서 알 수 있는 혜명 스님의 고민은 무엇인가요? (   )

① 큰 돌 찾기   ② 불상 조각하기   ③ 석수장이 구하기

④ 불상 머리 만들기   ⑤ 불상 머리를 몸통 위로 올리기

1주 2일
학습 끝!

붙임 딱지 붙여요.

과학 탐구 2. 다음은 우리 생활에서 이용되는 여러 가지 암석들입니다. 각 암석에 알맞은 설명을 찾아 줄로 이으세요.

(1)
화강암 •

• ㉠ 단단하고 열에 강하여 맷돌, 축대, 돌하르방 등을 만드는 데 쓰인다.

(2)
대리암 •

• ㉡ 열과 화학 변화에 강하고 단단하며, 갈면 윤이 나서 축대, 비석, 건축재로 쓰인다.

(3)
편마암 •

• ㉢ 색깔이 곱고 세공이 쉬워 고급 장식용 건축재나 조각 재료로 쓰인다.

(4)
현무암 •

• ㉣ 검고 흰 줄무늬가 아름다워 정원석으로 많이 쓰인다.

논술 3. 혜명 스님은 불상을 어떻게 세울지 고민하였습니다. 이런 고민이 생겼을 때 어떻게 해결하면 좋은지 써 보세요.

불상을 세울 곳을 정한 아이들은 다리를 먼저 놓고 자리를 잡았어. 그러고는 다리 쪽으로 주변에 있는 흙을 끌어오기 시작했지.

'도대체 저 많은 흙을 무엇에 쓰려고 끌어오는 것일까?'

혜명 스님은 궁금해하며 아이들의 하는 모양을 계속 지켜보았다네.

아이들은 불상의 다리를 빙 둘러서 흙을 쌓기 시작했어. 얼마 뒤 불상의 다리는 흙에 뒤덮여서 겨우 윗부분만 남게 되었지. 그러자 아이들이 힘을 합해 몸통을 흙 위로 비스듬하게 밀어 올리기 시작했어. 몸통은 비탈을 따라 올라가서는 다리 위로 무사히 올라갔지.

몸통을 올린 아이들은 다시 아까처럼 몸통 주변으로 흙을 쌓기 시작했다네. 몸통까지 다 덮일 정도로 말이네. 불상의 몸통은 흙더미에 덮여 목 윗부분만 겨우 보였지.

그런 뒤 아이들은 머리 부분을 비스듬한 경사면으로 밀어 올렸다네. 그리고 무사히 흙더미에 덮인 불상의 몸통 위에 머리를 올려놓았지. 머리까지 다 올린 아이들은 마지막으로 몸통과 다리 주변으로 쌓았던 흙을 파내기 시작했어. 그러자 땅 위에 우뚝 선 모양의 불상이 나타났지. 그 모습을 보고 혜명 스님은 무릎을 '탁' 쳤다네. 아이들이 하는 놀이를 보고 고민하던 문제에 대한 해답을 찾았으니까 말이야.

※ **경사면**: 비스듬히 기울어진 면.

1. 아이들의 놀이를 보면서 혜명 스님이 깨달은 것은 무엇인가요? (   )

① 조각하는 방법   ② 불상을 보는 방법

③ 불공을 드리는 방법   ④ 장난감을 만드는 방법

⑤ 큰 머리를 몸통 위로 올리는 방법

2. 아이들이 불상을 세우는 방법과 고인돌을 세우는 방법은 매우 비슷합니다. 다음 그림을 보고 고인돌을 세우는 순서대로 번호를 쓰세요.

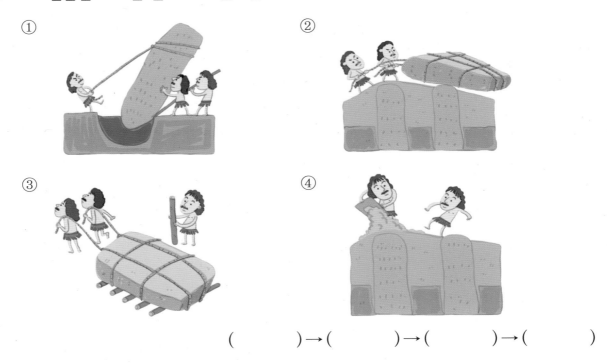

(   ) → (   ) → (   ) → (   )

 3. 2번 문항의 그림을 바탕으로 고인돌을 세우는 방법을 자세히 써 보세요.

혜명 스님은 곧바로 불상을 세울 반야산의 절로 달려갔다네. 그리고 아이들이 했던 방법으로 불상을 세우자고 말했지.

"그런 방법이 있었군요."

"그렇게 하면 훨씬 힘을 덜 들이고 불상을 완성할 수 있겠어요."

혜명 스님은 힘깨나 쓴다는 일꾼들을 모두 불러 모았어. 마을 사람들도 일을 돕기 위해 하던 일을 멈추고 달려왔지.

어른, 아이 할 것 없이 사람들은 먼저 열심히 흙을 퍼 날랐어. 불상의 몸통을 다 덮을 정도면 어마어마한 양이 필요했기 때문이지. 불상의 몸통은 사람들이 날라 온 흙더미에 묻혀 점점 보이지 않게 되었어. 마침내 흙더미가 몸통을 다 뒤덮자 불상의 머리를 그 위로 끌어 올리기 시작했네. 불상의 머리를 줄로 감아 앞뒤에서 끌고 밀었지.

"영차, 영차!"

사람들이 구호를 외치며 힘을 모으자 꼼짝도 않던 불상의 머리가 조금씩 움직이기 시작했어. 그리고 마침내 거대한 불상의 몸통 위로 불상의 머리가 올라갔지. 마지막 순서로 이제 흙만 파내면 되었어. 사람들은 힘든 줄도 모르고 다시 쌓았던 흙을 파냈다네. 그러자 눈앞에 웅장하고 위엄 있는 불상이 떡하니 모습을 드러냈지.

1. 커다란 불상의 머리를 어떤 방법으로 몸통 위로 올릴 수 있었나요? (   )

① 기계를 사용해서

② 비스듬한 경사면을 이용해서

③ 여러 명의 힘센 장사들이 힘을 써서

④ 혜명 스님이 부처님께 간절히 기도해서

⑤ 마음이 깨끗한 어린아이들이 힘을 보태서

2. 꼼짝도 하지 않는 불상의 머리를 어떻게 움직일 수 있을지 (가)와 (나)의 그림을 비교하면서 설명해 보세요.

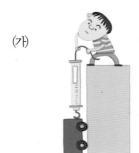

3. 도구의 발달로 인해 사람들의 일상생활은 많이 변화했습니다. 그중 사진기가 만들어지면서 사람들의 일상생활에 어떤 변화가 생겼는지 사진기가 없었을 때와 비교하여 써 보세요.

"나무 관세음보살!"

불상이 완성되자 사람들은 모두 합장을 하고 불상을 향해 절을 했다네. 세상을 다 굽어볼 정도로 커다란 불상은 얼굴이 무척 인자해 보였어. 가난하고 힘든 백성들의 마음을 다 어루만져 줄 것만 같았지.

혜명 스님도 크게 감동했어. 왜 안 그렇겠나.

"이 모두가 얼마 전 만난 그 아이들 덕분이야. 아이들을 직접 찾아가서 고맙다는 말을 전해야겠다."

혜명 스님은 아이들을 찾아가서 진심으로 고맙다는 인사를 하고 싶었다네. 그래서 아이들을 만났던 마을로 다시 가 보았지. 그런데 놀랍게도 그 마을 어디에도 그 아이들이 없다지 뭔가. 물론 그런 아이들을 본 사람도 없었지.

"참으로 이상한 일이군. 난 분명히 이 마을에서 그 아이들을 보았는데……."

뒤늦게 혜명 스님은 그 모두가 부처님의 도움이었음을 깨달았지.

"그래, 그 아이들은 부처님이었어. 부처님이 아이들의 모습으로 나타나 내게 불상을 완성할 수 있는 지혜를 주신 거야."

절에 돌아온 혜명 스님은 불상을 향해 다시 한번 합장을 하고 절을 했다네.

1. 혜명 스님이 아이들을 찾을 수 없자 깨달은 점은 무엇인가요? (   )

① 아이들은 순수하다.

② 아이들과 자주 대화하자.

③ 아이들의 장난에 속지 말자.

④ 부처님의 지혜로 불상이 완성된 것이다.

⑤ 최고의 석수장이가 최고의 불상을 만든다.

1주 3일
학습 끝!

붙임 딱지 붙여요.

 2. 다음에서 설명하는 '나'는 누구인지 쓰세요.

 **'나'는 누구일까요?**

'나'는 기원전 563년경에 카필라 왕국의 왕자로 태어났습니다. 인간의 삶이 생로병사의 고통으로 이루어져 있음을 깨닫고 스물아홉 살 때 출가하여 고행을 시작하였습니다. 그러다 서른다섯 살 때 부다가야의 보리수 밑에서 완전한 깨달음을 얻어 부처가 되었습니다.

(   )

3. 우리 조상들은 나라에 어려운 일이 있을 때면 팔만대장경 같은 불경을 새겨 나라의 평안을 기원했습니다. 나라가 혼란스러울 때 이처럼 불경을 새긴다거나 불상을 만들면 어떤 좋은 점이 있는지 써 보세요.

이렇게 하여 완성된 불상은 사람들에게 큰 위로가 되었어. 사람들은 어려운 일이 있을 때도, 기쁜 일이 있을 때도 불공을 드리며 마음의 평안을 얻었지.

그러던 어느 날이었어.

"저, 저기 좀 보세요!"

한 사람이 불상을 가리키며 놀란 목소리로 소리쳤어.

불상의 이마에 송골송골 물방울이 맺혀 있었다네.

"하늘도 이리 맑고 비도 온 적이 없는데 웬 물방울이람."

사람들은 불상의 이마에 물방울이 맺혀 흐르자 이상한 일이라며 수군댔어. 아무리 생각해 보아도 알 수 없는 일이었지.

"이건 심상치 않은 일이 분명해. 혹시 부처님이 우리에게 무슨 말씀을 전하고 싶으신 게 아닐까?"

불상의 이마에 맺힌 물방울은 며칠이 지나도 사라지지 않았어. 가만히 보면, 불상이 더워서 땀을 흘리는 것도 같고, 이마부터 흐른 물방울이 뺨까지 타고 흐르니 눈물을 흘리는 것도 같아 보였지. 사람들은 그 모습을 보며 불안해하면서도 어떤 이유 때문인지 몹시 궁금해했어.

언어 **1. 불상에 생긴 이상한 일은 무엇인가요? (   )**

① 불상의 색이 변했다.

② 불상 위로만 비가 내렸다.

③ 불상의 이마에 물방울이 맺혔다.

④ 불상 주위에서 이상한 소리가 들렸다.

⑤ 불상을 완성하자 비가 오지 않았다.

과학 탐구 **2. 땀이 흐르는 것은 우리 몸의 감각 기관 중 피부에서 일어나는 현상 중 하나입니다. 우리 몸은 다섯 가지 감각 기관으로 주변에서 일어나는 일들을 파악하거나 느낄 수 있습니다. 우리 몸에 있는 감각 기관의 역할을 빈칸에 쓰세요.**

감각 기관		여러 가지 감각 기관의 역할
눈	👁	물체를 본다.
코	👃	(1)
귀	👂	(2)
입	👄	(3)
피부	✋	(4)

논술 **3. 이 글에서 사람들이 불상의 이마에 물방울이 맺혀 흐르는 것을 보고 불안해한 것처럼 사람마다 느끼는 불길한 징조인 징크스가 있습니다. 아래 대화를 읽고 징크스에 대한 여러분의 생각을 써 보세요.**

 징크스에 끌려다녀서는 안 돼. 일어나지도 않은 일을 미리 걱정하는 건 어리석은 일이야.

 징크스를 살펴서 더 조심하면 결국 좋은 거 아냐? 조심해서 손해 볼 것 없잖아.

아니나 다를까, 얼마 뒤 북쪽에서 오랑캐가 쳐들어왔다네. 온 나라가 두려움에 떨 정도로 큰 무리가 압록강 앞에 도달했지.

"자, 강을 건너서 저 고려 땅을 우리 것으로 만들자!"

오랑캐 무리는 사기가 등등했어. 하지만 압록강의 수심이 얼마나 깊은지 몰라 망설이고 있었다네. 그때 선비로 변한 불상이 오랑캐 무리 앞에 홀연히 나타나더니, 바지를 걷고 압록강을 건너기 시작했어. 그것을 본 적장이 명령을 내렸지.

"이 강은 수심이 매우 얕은 게 확실하다. 자, 전진하라!"

오랑캐들은 무턱대고 강으로 뛰어들었어. 하지만 얼마 못 가 모두 깊은 물속에 빠져 죽고 말았어. 불상이 일부러 오랑캐들을 깊은 강으로 이끈 것이지.

반야산의 불상은 이처럼 나라가 태평하면 밝은 빛을 내며 사람들을 위로하고, 나라가 위태로우면 송골송골 땀을 흘리며 걱정하곤 했다네. 그리고 선비로 변해서 오랑캐들을 무찌른 것처럼 알게 모르게 나라를 큰 위기에서 구해 주었지.

"반야산의 불상이 우리를 보살피니 무슨 걱정이 있겠어."

그 뒤로 사람들은 불상이 자신들을 언제나 지켜 주리라고 더욱 믿었다네.

언어 1. 이 글에서 오랑캐들이 무턱대고 강으로 뛰어든 까닭은 무엇인가요? (   )

① 물고기를 잡아먹으려고
② 여름이라 몹시 더워 수영을 하려고
③ 고려군이 건너편에서 놀리자 화가 나서
④ 적장이 강을 건너지 않으면 모두 죽인다고 해서
⑤ 선비로 변한 불상이 바지를 걷고 강을 건너는 것을 보고서

 2. 고려 시대는 유달리 외적의 침입이 잦아 백성들이 불안에 떠는 날이 많았습니다. 다음 중 백성의 마음을 하나로 모으고 위로하기 위해 만든 고려 시대의 문화재는 무엇인가요? (   )

①
경복궁

②
거북선

③
영주 부석사 무량수전

④
합천 해인사 대장경판

논술 3. 옛날에는 다른 나라의 땅을 빼앗거나 다른 나라의 침략에 맞서 전쟁을 일으키곤 했습니다. 물론 오늘날에도 전쟁은 여러 가지 이유로 세계 곳곳에서 일어나고 있습니다. 어떤 사람은 전쟁은 경우에 따라 필요하다고 말하고, 어떤 사람은 절대 일어나서는 안 된다고 말합니다. 전쟁에 대한 여러분의 생각을 써 보세요.

"어떤가? 내 이야기가 재미있었나?"

나무꾼은 긴 이야기를 끝내며 말했다. 나그네는 고개를 끄덕이며 멀리 보이는 불상을 다시 한번 경건히 바라보았다.

"불상에 그런 전설이 전해 내려오는 줄 몰랐어요. 어쩐지 처음 볼 때부터 불상에서 느껴지는 기운이 다르더라고요."

나그네의 말에 나무꾼은 흐뭇하게 미소를 지었다.

"맞네, 불상은 예나 지금이나 처음 세워진 그 자리에 똑같이 서 있네. 그리고 예나 지금이나 똑같이 사람들을 보살피고 지켜 주고 있다네. 사람들은 언제나 그 믿음을 잃지 않았지. 그냥 지나치지 말고 가까이 가서 불상을 한번 보게. 불상이 땀을 흘리고 있는지, 환하게 빛을 발하고 있는지 말일세."

"네, 그럴 생각입니다. 저 불상이야말로 부처님의 자비하신 뜻과 지혜로 세워진 것이 아닙니까. 부처님을 가까이에서 뵐 소중한 기회를 놓칠 수는 없지요."

나그네는 나무꾼에게 인사를 건네고 불상을 향해 발걸음을 옮겼다. 불상이 가까워질수록 마음이 편안해지는 것이 정말로 묘했다. 나그네는 걸음을 재촉하며 생각했다.

'휴, 이제껏 먼 길을 걸어온 보람이 있군.'

1. 나무꾼의 이야기를 다 듣고 난 나그네는 어떤 행동을 하였나요? (   )

① 눈물을 흘렸다.

② 나무꾼의 이야기가 재미없다고 말했다.

③ 나무꾼과 헤어져서 왔던 길을 되돌아갔다.

④ 자신이 알고 있는 더 재미있는 이야기를 들려주었다.

⑤ 나무꾼과 헤어진 뒤 불상을 가까이에서 보기 위해 걸음을 옮겼다.

1주 4일
학습 끝!

붙임 딱지 붙여요.

2. 불상은 우리나라에 어려움이 닥칠 때마다 이마에 땀을 흘렸다고 전해지고 있습니다. 전해지기로는 조선 시대에도 불상은 땀을 흘렸다고 합니다. 이와 관련하여 선조 임금 때 우리나라가 겪은 큰 어려움은 무엇이었는지 한 문장으로 써 보세요.

▲ 논산 관촉사 석조 미륵보살 입상

3. 불상이 사람들과 어려움을 같이했다니 참 고마운 일입니다. 이처럼 여러분의 주변을 둘러보면 여러분에게 위로와 도움을 주는 고마운 사람이 있을 것입니다. 그 사람에게 고마운 마음을 담아 짧은 편지를 써 보세요.

| '반야산 불상의 전설'은 논산 관촉사 석조 미륵보살 입상에 대한 전설입니다. 다음 그림을 보고 이야기의 순서에 맞게 화살표를 넣어 보세요.

사람들이 커다란 불상의 머리를 몸통 위로 올렸어요.

할머니가 산속에서 신기한 바위를 발견했어요.

불상은 나라에 위급한 일이 있을 때마다 땀을 흘렸어요.

혜명 스님은 아이들이 찰흙으로 불상을 세우는 것을 보았어요.

임금님이 혜명 스님에게 바위로 불상을 만들라고 명했어요.

2 아이들이 불상을 세운 방법을 보고 혜명 스님은 불상을 완성했습니다. 아이들이 불상을 세운 순서에 맞게 번호를 쓰세요.

① 다리를 땅에 놓는다.
② 몸통까지 흙을 쌓는다.
③ 쌓았던 흙을 모두 걷어 낸다.
④ 몸통까지 쌓인 흙 위로 머리를 밀어 올려 몸통 위에 세운다.
⑤ 다리 주위에 흙을 쌓고 몸통을 흙 위로 밀어 올려 다리 위에 놓는다.

(   ) → (   ) → (   ) → (   ) → (   )

3 이 글은 옛날부터 사람들의 입에서 입으로 전해 내려오는 전설입니다. 전설처럼 사람들의 입을 통해 전해 내려오는 것 두 가지를 고르세요. (   )

① 일기   ② 민담   ③ 수필   ④ 소설   ⑤ 신화

4 바위가 땅에서 솟아오르는 것을 보고 할머니는 너무 놀라 '어이쿠!' 하는 감탄사를 내뱉으며 주저앉고 말았습니다. 다음 감탄사에 이어 짧은 글을 지어 보세요.

→ 어이쿠!

5 우리말에는 모양을 흉내 내는 말과 소리를 흉내 내는 말이 있습니다. 다음 중 소리를 흉내 내는 말은 무엇인가요? (   )

① 송골송골   ② 데굴데굴   ③ 터벅터벅   ④ 퐁당퐁당   ⑤ 한들한들

궁금해요

문화재 지도를 그려 볼까요?

우리나라는 오랜 역사를 가지고 있어서 예부터 전해 내려오는 훌륭한 문화재가 많이 있어요. 여러 문화재를 종류별로 나누어 알아보기로 해요.

유형 문화재

형태가 있는 문화재로, 건물, 그림, 도자기, 책 등이 있다.

➤ 서울 숭례문(국보 제1호)

유형

문화재

사람의 문화 활동에 의하여 창조된 문화적 가치가 뛰어난 모든 것을 말한다.

무형 문화재

형태가 없는 문화재로, 민속놀이, 공예 기술, 음악, 연극 등이 있다.

➤ 송파 산대놀이
(국가 무형 문화재 제49호)

기념물

궁궐이나 절 같은 역사 유적지나 보존 가치가 큰 동물, 식물 등이 있다.

➤ 진돗개(천연기념물 제53호)

민속 문화재

사람의 생활을 이해할 수 있는 모든 자료로, 옷, 가옥, 관습, 풍습 등이 있다.

➤ 강릉 선교장
(국가 민속 문화재 제5호)

국보

보물에 해당하는 문화재 중 인류 보존 가치가 큰 문화재를 말한다.

경주 첨성대
(국보 제31호)

보물

조상 때부터 전해 오는 유형 문화재 중 국보 다음가는 문화재를 말한다.

▶ 서울 흥인지문(보물 제1호)

국가 지정 문화재

사적

국가가 지정한 문화재 중 역사적으로 중요한 사건이나 시설의 자취를 말한다.

▶ 서울 독립문(사적 제32호)

천연기념물

자연 가운데서 희귀성, 고유성 등으로 특별히 보호하는 자연기념물이다.

▶ 서울 재동 백송
(천연기념물 제8호)

명승

빼어난 자연환경 중 나라에서 훌륭하고 이름난 경치로 지정한 곳이다.

▶ 제주 서귀포 정방폭포(명승 제43호)

 다음 문화재 중 유형 문화재 두 가지를 고르세요. (   )

①
서울 숭례문

②
경주 불국사

③
봉산 탈춤

④
종묘 제례악

내가 할래요

문화재가 들려주는 흥미로운 이야기

우리나라의 불상을 보면 크게 몇 가지 형태를 띠고 있어요. 그리고 그 형태에 따라 전달하려는 이야기도 보기 의 불상처럼 조금씩 다르답니다. 여러분도 효자문을 보고 효자문이 전달하고 싶은 이야기가 무엇인지 생각하여 보기 처럼 써 보세요.

보기

나는 약사여래불입니다. 불교에는 여러 모양의 불상이 있어요. 그런데 나는 한 손에 둥근 병을 들고 있어요. 이것은 약병으로 사람들의 병을 고쳐 주겠다는 의미이지요.

사람에게는 여러 가지 고통이 있는데 그중 하나가 병의 고통이에요. 그래서 나는 약병을 가지고서 사람들을 질병에서 벗어나게 하고, 재난을 없애 주겠다는 이야기를 하고 있어요. 그래서 몸이 아픈 사람들이 특히 나를 많이 찾아오지요.

약사여래불은 병을 치료하는 불상이구나. 그럼 효자문은 뭐지?

효자문은 효자를 기리고자 세운 문이래. 사람들이 효자문을 보고 어떤 생각을 하였을까?

1주 학습 끝!

확인할 내용	잘함	보통임	부족함
1. 이번 주 학습을 5일(월요일~금요일) 안에 끝마쳤나요?			
2. 반야산 불상에 얽힌 전설을 잘 이해하였나요?			
3. 전설이 왜 만들어졌는지 친구들에게 잘 전달할 수 있나요?			
4. 우리나라 문화재에는 무엇이 있는지 잘 설명할 수 있나요?			

▲ 효자문

1주 5일
학습 끝!
붙임 딱지 붙여요.

전하는 말

난중일기

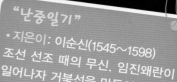

생각톡톡 이순신은 조선 시대의 명장입니다. 어느 전쟁 때 크게 활약을 했는지 보기 에서
찾아 쓰세요.

보기   청일 전쟁   임진왜란   한국 전쟁   (   )

관련교과   [국어 6-1] 전기문에 나타난 시대 상황과 인물의 업적, 태도 알아보기
[사회 5-2] 임진왜란에 대해 알아보기

난중일기

1592년 5월 29일 맑음

전라 우수사* 이억기가 오지 않아 혼자 장수와 병사를 거느리고 새벽에 출발하여 곧장 노량 앞바다에 이르렀다.

경상 우수사 원균이 나와 있기에 적이 머물고 있는 곳이 어디인지 물었다. 적은 지금 사천 (경상남도 사천) 선창에 있다고 했다.

곧 적이 있는 곳으로 쫓아갔다. 왜적은 벌써 상륙하여 산 위에 진을 치고, 배는 산 밑에 매어 놓은 상태였다. 싸움 준비를 이미 마친 것이다. 결코 만만해 보이지 않았다.

나는 장수들을 격려하여 공격에 나섰다. 우리 군은 일제히 달려들어 비 퍼붓듯이 화살을 쏘았고, 우레같이 각종 총포들을 쏘아 댔다. 적들이 무서워 도망을 쳤다. 화살을 맞은 왜적이 헤아릴 수 없이 많았고, 머리가 베인 왜적도 많았으며, 왜선 열세 척을 불살랐다.

하지만 이 싸움에서 군관 나대용이 탄환을 맞았다. 나도 왼쪽 어깨에 탄환을 맞아 등으로 관통되었으나 심각한 상처는 아니었다.

* **우수사**: 조선 시대 때, 전라도 해남과 경상도 거제에 두었던 우수영의 우두머리.

 1. 다음 중 이순신이 임진왜란 중에 쓴 일기의 이름은 어느 것인가요? (   )

① 징비록   ② 임진 일기
③ 난중일기   ④ 전쟁 일기
⑤ 이순신 일기

 2. 이날 전쟁에서 조선군이 이룬 성과가 <u>아닌</u> 것은 무엇인가요? (   )

① 왜선 열세 척을 불살랐다.   ② 적들이 무서워 도망쳤다.
③ 머리를 베인 왜적이 많았다.   ④ 많은 왜적이 화살을 맞았다.
⑤ 군관 나대용이 탄환을 맞았다.

3. 이순신은 전쟁 중에도 일기 쓰는 일을 게을리하지 않았습니다. 일기를 쓰면 좋은
점은 무엇이 있을지 써 보세요.

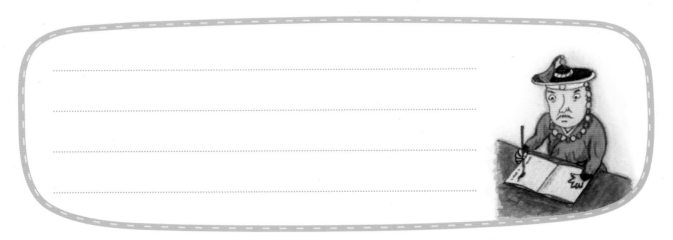

1593년 5월 4일 맑음

오늘은 어머니의 생신날이다. 하지만 왜적과 전쟁 중이라 직접 찾아뵙고 인사를 드리지 못한다. 어머니께 오래 사시기를 기원하며 술 한 잔을 올리지 못하니 평생 한이 될 것 같다.

1593년 6월 12일 비가 오락가락함

아침에 일어나 흰 머리카락 몇 가닥을 뽑았다.

머리에 흰 머리카락이 있다고 한들 뭐 어떠랴마는 다만 위로 늙으신 어머니가 계시기 때문에 그냥 둘 수 없어 뽑았다.

1593년 6월 21일 맑음

새벽에 한산도의 망하응포로 진을 옮겼다. 아침에는 아들 회가 찾아왔다. 회는 어머니가 *평안하시다는 소식을 전했다. 다행이다. 그 소식을 들으니 한결 마음이 편하다. 정오에는 원경이 찾아왔다.

＊ **평안**: 걱정이나 탈이 없음. 또는 무사히 잘 있음.

1. 세 편의 일기를 읽고 바르게 이해한 친구는 누구인가요? (   )

① 이순신은 어머니 생신날 어떻게 잔치를 해 드릴까 고민하고 있어.

② 이순신은 전쟁터에서 몸을 다칠까 봐 크게 걱정하고 있어.

③ 이순신은 흰 머리카락이 나서 남보다 늙어 보일까 봐 걱정하고 있어.

④ 이순신은 늙으신 어머니를 항상 걱정할 만큼 효심이 깊어.

2. 세 편의 일기를 통해 알 수 있는 일기의 특징이 <u>아닌</u> 것 두 가지를 고르세요.

(   )

① 공연을 목적으로 쓴다.
② 날짜와 날씨를 기록한다.
③ 그날 있었던 일을 자세하게 쓴다.
④ 자신의 생각과 경험을 솔직하게 쓴다.
⑤ 남의 이야기를 자신의 이야기인 것처럼 꾸며서 쓴다.

 3. 이순신은 늙으신 어머니를 생각하며 자신의 흰 머리카락을 일부러 뽑았습니다. 왜냐하면 자식의 늙음을 어머니가 안타까워할 것이라 생각했기 때문입니다. 부모님의 마음을 편안하게 해 드리기 위해 어떻게 행동해야 할지 여러분의 경험을 예로 들어 써 보세요.

1593년 6월 22일 맑음

전투선을 만들기 위해 자귀로 나무를 깎기 시작했다. 자귀질을 하는 목수는 총 209명인데, 본영에서 72명, 방답에서 35명, 사도에서 25명 등이 왔다. 방답에서는 처음에 15명밖에 목수를 보내지 않아 담당하는 군관과 아전을 처벌하였는데, 그 우두머리가 몹시 간사하고 교활했다.

1593년 6월 26일 큰비

저녁에 김붕만이 진주에 있는 적의 움직임을 살피고 보고하기를, 왜적이 큰비가 와서 오도 가도 못하고 있다고 한다. 이런 상황에서는 지원군이 와서 왜적을 도울 수도 없으니 모두 힘을 합쳐 공격한다면 적군을 한꺼번에 무찌를 수 있을 것이다. 또한 왜적은 이미 식량이 다 떨어졌으니 우리는 편히 앉아서 지친 적을 맞게 되지 않겠는가. 이것이야말로 백전백승의 길이다. 하늘이 이렇게 우리를 도우니 왜적의 배가 500척, 600척이라 하더라도 우리를 이기지 못하리라.

※ **자귀**: 나무를 깎는 연장 중 하나.
※ **백전백승**: 싸울 때마다 다 이김.

언어 1. 1593년 6월 26일 일기에서 '하늘이 우리를 돕는다'는 말은 어떤 상황을 빗대어 쓴 글인가요? (   )

① 왜군의 지원군이 오고 있다.

② 맑고 따뜻한 날씨가 계속될 것이다.

③ 왜적의 배가 훨씬 많아져 싸움이 불리해졌다.

④ 큰비가 와서 적군이 오도 가도 못하게 되었다.

⑤ 조선군의 식량이 다 떨어져 하늘의 도움이 필요한 때이다.

2주 1일
학습 끝!

붙임 딱지 붙여요.

 언어 2. 다음 설명을 읽고 사진에 있는 연장의 이름을 이 글에서 찾아 쓰세요.

나무를 깎아 다듬는 연장 가운데 하나이다. 나무 줏대 아래쪽에 넓적한 날이 있는 투겁을 박고, 나무 줏대 중간에 구멍을 내어 자루를 가로 박아 만든다.

(   )

논술 3. 이순신은 전투선을 만드는 등 준비를 철저하게 하였습니다. 이와 같이 어떤 일을 할 때 철저하게 준비하는 태도가 필요한 까닭을 여러분의 경험을 예로 들어 써 보세요.

1593년 9월 14일 맑음

　쇠로 만든 총인 정철총통은 전쟁에 꼭 필요한 무기이다. 그런데 우리나라 사람들은 정철
총통 만드는 법을 잘 알지 못했다. 이제야 온갖 노력과 연구를 거듭하여 조선의 조총을 만
들었다. 만들어 놓고 보니 우리의 조총이 왜적이 쓰는 총보다 훨씬 나았다. 명나라 사람들
이 와서 진주에서 시험 삼아 조총을 쏘아 보았는데, 칭찬하지 않는 사람이 없었다.

　이제 총 만드는 법을 알았으니 더 많이 만들어야 한다. 각 도에서도 같은 모양의 총을 만
들 수 있도록 순찰사와 군졸을 통해 총의 견본을 보내고, 공문을 돌리게 하였다.

1594년 2월 13일 맑고 따뜻함

　한산도에서 돌아오니 경상도 군관이 와서 왜적의 배 여덟 척이 원포에 있으니 공격하는
것이 좋겠다고 한다. 하지만 나는 곧장 나대용을 경상 우수사 원균에게 보내며 그 문제를
상의하게 했다. 또한 "작은 이익을 보고 지금 나서면 큰 이익을 보지 못한 법이오. 적의 배
가 더 나타나길 기다렸다 공격합시다."라는 내 뜻을 전하게 했다.

🐰 언어 1. 1593년 9월 14일의 일기에서 이순신이 한 일은 무엇인가요? (   )

① 큰 전투를 치렀다.

② 전쟁 무기를 준비하였다.

③ 전술을 짜기 위해 날씨를 살폈다.

④ 왜적을 무찌를 전술을 짜느라 바빴다.

⑤ 군졸을 보내 적군의 동태를 살피게 하였다.

🐰 언어 2. 배를 세는 단위는 '척'입니다. 이처럼 우리말에는 물건을 세는 단위가 있습니다. 다음 물건에 어울리는 단위를 줄로 이으세요.

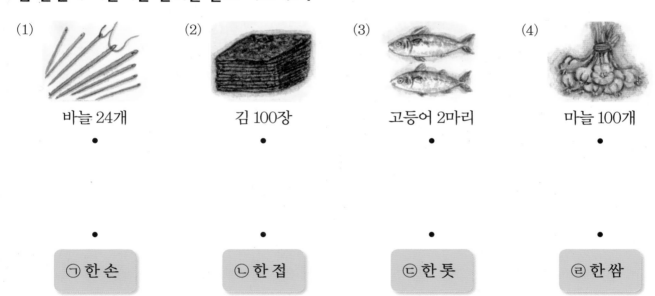

(1) 바늘 24개 •

(2) 김 100장 •

(3) 고등어 2마리 •

(4) 마늘 100개 •

• ㉠ 한 손

• ㉡ 한 접

• ㉢ 한 톳

• ㉣ 한 쌈

🐰 논술 3. 이 글에서 이순신은 "작은 이익을 보고 지금 나서면 큰 이익을 보지 못한 법이오."라고 하였습니다. 환경 문제와 관련지어 이 말에 대한 여러분의 생각을 써 보세요.

1594년 6월 11일 맑음

쇠를 녹일 듯한 더운 날씨이다. 아침에 아들 위가 돌아갔다. 위를 보내고 나니 마음이 몹시 쓸쓸하다. 혼자 빈 마루에 앉아 있으려니 마음을 걷잡을 수가 없다. 바람까지 사나워지니 걱정이 더욱 짙어진다.

늦게 충청 수사가 와서 활 스무 순을 쏘고, 함께 저녁을 먹었다. 달빛 아래에서 이야기를 나눌 때 들려온 옥피리 소리가 유달리 처량했다. 둘이 오래도록 앉아 있다 헤어졌다.

1594년 7월 12일 맑음

저녁에 어머니가 평안하시다는 소식을 들었다. 하지만 아들 면의 병이 더 심각해졌다고 한다. 나는 아비면서도 아무것도 해 줄 수가 없다. 애타는 이 마음을 어찌할까.

유성룡이 세상을 떠났다는 소식이 왔다. 이것은 유성룡을 미워하는 사람들이 만든 헛소문이 분명하다. 분한 마음이 들었다. 마음이 혼란스러워서 잠들지 못하고 마루에 홀로 앉아 있었다.

※ 순: 활을 쏠 때에 각 사람이 화살을 다섯 대까지 쏘는 한 바퀴.

언어 1. 1594년 6월 11일 일기에서 옥피리 소리가 유달리 처량하게 들린 까닭은 무엇인가 요? (   )

① 달이 떠서   ② 밤이 되어서   ③ 바람이 사나워져서
④ 날씨가 너무 더워서   ⑤ 아들을 보내고 쓸쓸해서

예체능 2. 이 글에서는 날이 매우 더운 상태를 '쇠를 녹일 듯하다'라고 하였습니다. 다음 중 이 처럼 더운 날씨에 하는 야외 스포츠는 어느 것인가요? (   )

①
스키

②
배구

③
농구

④
스케이트

⑤
비치 발리볼

논술 3. 두 편의 일기에는 어머니와 아들에 대한 이순신의 애틋한 마음이 담겨 있습니다. 여러분은 가족에게 어떤 마음을 가지고 있는지 써 보세요.

1594년 9월 3일 비가 약간 내림

새벽에 임금님의 밀지가 도착했다.

"육지와 바다에 있는 장수가 모두 팔짱을 끼고 서로 얼굴만 마주 볼 뿐 한 가지라도 계획을 세워 적을 공격하지 않으니 답답하다."는 내용이었다.

벌써 3년째 바다에 나와 있는데 어찌 그럴 리가 있겠는가. 여러 장수들이 함께 목숨을 걸고 맹세하며 적에게 원수 갚을 날만 기다리고 있다.

다만 지금은 왜적이 워낙 험한 곳에 굳게 자리를 잡고 있기 때문에 우리가 경솔하게 먼저 나아가서 공격할 수가 없다. 나를 알고 적을 알아야만 백 번 싸워서 백 번 이긴다고 하지 않았던가.

하루 종일 큰 바람이 불어 댔다. 저녁이 되어 혼자서 촛불을 밝히고 앉아 오랫동안 생각했다. 나라가 이렇게 어지러운 지경인데 도무지 구해 낼 방법이 없으니 이를 어찌하면 좋단 말인가!

밤 10시쯤에 홍양의 현감인 배홍립이 내가 혼자 있음을 알고 찾아와 자정까지 이야기를 나누고 돌아갔다.

* **밀지**: 비밀 편지.

1. 다음 중 임진왜란과 관련된 사실이 <u>아닌</u> 것은 어느 것인가요? (   )

① 왜군이 15만 대군을 이끌고 부산에 상륙하여 조선을 침략하였다.

② 왜군은 20일 만에 한양까지 점령하고 북쪽으로 계속 진군하였다.

③ 선조는 압록강 의주까지 피난하여 명나라에 지원병을 요청하였다.

④ 일본은 도요토미 히데요시가 등장하여 통일 국가를 수립한 시점이었다.

⑤ 명나라가 일본으로 가는 길목을 터 달라는 구실로 조선을 침략한 전쟁이다.

2주 2일 학습 끝!

붙임 딱지 붙여요.

2. 일기는 그날그날 있었던 일이나 생각을 쓰는 개인의 기록입니다. 1594년 9월 3일 일기에서 일이 일어난 순서대로 번호를 쓰세요.

①

촛불을 밝히고 앉아
오랫동안 생각에 잠겼다.

②

임금님의 밀지를
전해 받았다.

③

배홍립이 찾아와
이야기를 나누었다.

(   ) → (   ) → (   )

3. 여러분이 이순신이라면 이 일기에서와 같이 임금님의 밀지를 받았을 때 어떤 답장을 썼을까요? 나라를 사랑하는 마음을 담아 편지를 써 보세요.

55

1594년 10월 3일 맑음

여러 장수들을 직접 거느리고 일찌감치 장문포로 가서 하루 종일 싸움을 벌이고자 하였다. 하지만 적들이 두려움 때문인지 도무지 싸우러 나오지 않았다. 날이 어두워져 칠천량으로 다시 돌아와 밤을 지냈다.

1594년 10월 4일 맑음

의병 곽재우, 김덕령 등과 함께 적을 동시에 공격하기로 약속하였다.

수백 명의 군사를 뽑아 육지에 내려 산을 오르게 하였다. 선봉으로 나선 수군들은 장문포를 들락날락거리며 왜군에게 싸움을 걸게 했다.

저녁 즈음에 군대를 거느리고 나아가 육군과 수군이 힘을 합쳐 적을 공격했다. 왜군은 동시에 이루어진 공격에 갈팡질팡하며 동으로 서로 달아나기 바빴다. 육군은 적이 칼을 휘두르는 것을 보고는 곧 배로 내려왔다. 우리는 칠천량으로 돌아와 진을 쳤다. 선전관 이계명이 임금님이 내려 주신 편지와 담비 털가죽을 가져왔다.

* **선봉**: 부대의 맨 앞에 나서서 작전을 수행하는 군대.
* **선전관**: 임금에게 글을 올릴 때 그 글을 읽는 일을 맡아보던 임시 벼슬.

사회 탐구 1. 임진왜란 당시 농민, 양반, 유학자, 승려 및 일반 백성들은 스스로 병사가 되어 왜군과 맞서 싸웠습니다. 옆의 지도는 백성들이 스스로 조직한 이 군대가 활약한 지역을 표시한 것입니다. 대표 지역과 인물을 보고 백성들이 자발적으로 조직한 이 군대의 이름을 이 글에서 찾아 쓰세요.

(   )

언어 2. 다음은 1594년 10월 4일에 있었던 전쟁의 진행 상황입니다. 순서에 맞게 번호를 쓰세요.

> ① 수백 명의 군사를 뽑아 산을 오르게 하였다.
> ② 적이 갈팡질팡하며 동으로 서로 달아나기 바빴다.
> ③ 저녁 즈음에 육군과 수군이 힘을 합쳐 적을 공격하였다.
> ④ 곽재우, 김덕령 등과 함께 적을 동시에 공격하기로 약속하였다.
> ⑤ 선봉으로 나선 수군들은 장문포를 들락날락거리며 왜군에게 싸움을 걸게 했다.

(   ) → (   ) → (   ) → (   ) → (   )

논술 3. 1594년 10월 4일 일기의 내용을 바탕으로 이순신과 곽재우가 전투 준비를 하면서 나눈 대화를 상상해 본 것입니다. 이순신의 말에 곽재우가 어떤 대답을 했을지 써 보세요.

이순신	이번 전투는 육군과 수군이 힘을 합쳐 적을 공격하는 것이 어떻겠습니까?
곽재우	

1595년 5월 29일 비바람이 그치지 않음

　종묘사직의 위엄과 덕으로 겨우 조그마한 공을 세웠을 뿐인데 임금님이 큰 사랑을 베푸시니 분에 넘치는 일이 아닐 수 없다. 장수의 직책을 가진 사람으로서 티끌만 한 공로도 바치지 못했으니, 비록 입으로는 임금님이 내리신 교서를 읽고 있으나 무사로서 부끄러울 따름이다.

1595년 7월 1일 잠깐 비가 옴

　인종 임금의 제삿날이라 오늘은 공무를 보지 않았다. 홀로 누각에 기대어 앉아 나라 돌아가는 모습을 생각하니 위태롭기가 마치 아침 이슬과 같다.

　안으로는 나라의 정책을 결정할 만한 기둥처럼 믿음직한 인재가 없으며, 밖으로는 나라를 바로잡아 줄 주춧돌 같은 인물이 없다.

　모르겠다. 앞으로 나라의 운명이 어찌 될지 앞날이 막막할 따름이다. 마음이 어지러워서 앉았다 누웠다 뒤척이며 온 하루를 보냈다.

　＊ **종묘사직**: 왕실과 나라를 통틀어 이르는 말.
　＊ **교서**: 왕이 신하, 백성, 관청 등에 내리던 문서.

1. 1595년 5월 29일 일기에 나타난 이순신의 마음은 어떠한가요? (   )

① 공을 세워 몹시 기쁘다.   ② 긴 전쟁으로 마음이 외롭다.

③ 자신을 원망하는 마음이 크다.   ④ 임금님의 칭찬에 자신감이 생겼다.

⑤ 장수로서 겸손하고 부끄러운 마음이다.

사회 탐구 **2. 우리나라는 예부터 유교 사상에 의하여 관혼상제를 매우 중요하게 생각하였습니다. 관혼상제는 관례, 혼례, 상례, 제례의 네 가지 예법을 말합니다. 이 중 다음의 의례와 설명이 알맞은 것끼리 줄로 이으세요.**

(1)

상례

　•

　•　㉠ 돌아가신 조상을 모시는 방법과 절차이다. 돌아가신 조상의 위패를 모셔 두고 돌아가신 날에 제사를 지낸다.

(2)

제례

　•

　•　㉡ 사람이 죽은 때부터 묘지에 장사를 지낼 때까지의 절차로, 관혼상제 중 가장 복잡하고 엄숙한 의례이다.

논술 **3. 이순신은 정책을 결정할 만한 믿음직한 인재와 나라를 바로잡아 줄 인물이 없다며 걱정했습니다. 여러분이 생각하는 살기 좋은 나라는 어떤 나라이고, 그런 나라를 만들려면 어떤 방법이 있는지 써 보세요.**

1597년 4월 13일 맑음

일찍 아침을 먹고 어머니가 오신다기에 마중을 하려고 바닷가로 향했다. 가는 길에 홍 찰*
방 집에 잠깐 들러 이야기를 나눴다. 아들 위가 와서 아직 배가 들어온다는 소식이 없음을
전해 주었다.

이어 변흥백의 집에 들렀는데, 얼마 뒤 하인 순화가 달려와 배에서 어머니가 돌아가셨다
고 하였다. 방을 뛰어나가 가슴을 치고 발을 동동 굴렀다. 하늘이 캄캄했다.

바닷가로 서둘러 달려가니 배가 들어와 있었다. 가슴이 찢어지는 듯한 이 슬픔을 어찌 글
로 적을까.

1597년 4월 16일 궂은비

돌아가신 어머니의 관을 상여에 싣고 집으로 돌아왔다. 돌아오는 길에 마을을 바라보니
찢어지듯 아픈 마음을 어찌할 수가 없다. 집에 빈소를 차렸다. 비가 세차게 쏟아지는데 나
는 남쪽으로 서둘러 떠나야 한다. 너무 비통해서 목 놓아 울부짖었다. 차라리 어서 죽었으
면 하는 마음뿐이다.

* **찰방**: 조선 시대에 각 도의 기별이나 역마에 관계된 역참 일을 맡아보던 벼슬.
* **빈소**: 상여가 나갈 때까지 관을 놓아두는 방.

1. 다음 중 이순신의 슬픈 마음을 표현한 내용이 <u>아닌</u> 것은 어느 것인가요?

(   )

① 가슴을 쳤다.
② 하늘이 캄캄했다.
③ 발을 동동 굴렀다.
④ 배가 들어와 있었다.
⑤ 차라리 어서 죽었으면 하는 마음뿐이다.

2. 어머니가 돌아가신 1597년에 이순신은 벼슬을 잃고 일개 병사 신분으로 전쟁터에 나갔습니다. 다음 (   ) 안에 들어갈 알맞은 말은 무엇인가요? (   )

2주 3일
학습 끝!

붙임 딱지 붙여요.

이순신은 1597년에 왜군을 적극적으로 공격하지 않는다는 죄목으로 의금부에 투옥되었다. 이후에 이순신은 가까스로 결백이 증명되어 풀려났다. 그러나 선조 임금은 이순신에게 장군이 아닌 병사 신분으로 (   )할 것을 명령하였다.

① 사면초가(四面楚歌)
② 백의종군(白衣從軍)
③ 임전무퇴(臨戰無退)
④ 백전백승(百戰百勝)
⑤ 백발백중(百發百中)

3. 두 편의 일기에서 이순신은 어머니의 죽음으로 큰 슬픔에 빠졌습니다. 여러분이 이순신을 위로하는 편지글을 써 보세요.

1597년 9월 14일 맑음

벽파정 맞은편에서 연기가 피어오르기에 배를 보냈다. 그 배를 임준영이 타고 왔다. 임준영은 정탐하고 와서 "적선 200여 척 가운데 55척이 벌써 어란 앞바다에 들어왔다."라고 보고했다.

1597년 9월 15일 맑음

벽파정 뒤에는 명량 해협이 있는데, 수군의 수가 많지 않아 명량을 등지고 진을 치는 것은 매우 위험하다고 판단했다. 그래서 진영을 우수영 앞바다로 옮긴 뒤, 장수들을 모아 놓고 말했다.

"병법에 이르기를 '죽으려고 하면 살고, 살려고 하면 죽는다.', 또 '한 사람이 길목을 지키면 1000명의 적도 두려움을 느낀다.'라고 했다. 이것은 바로 우리를 두고 하는 말이다. 너희 장수들은 살려는 마음을 버리고 전쟁에 나서라. 조금이라도 내 명령을 어길 시에는 군법에 따라 엄히 다스릴 것이다. 작은 일이라도 용서하지 않을 것이다."

나는 장수들에게 두 번, 세 번 거듭하며 단단히 일러두었다. 지난밤에 한 꿈을 꾸었는데 신이 나타나 이렇게 하면 크게 이길 것이라며 방법을 일러 주었다.

사회 탐구 1. 오늘날은 옛날에 비해 전화, 인터넷 등 통신 수단이 매우 발달했습니다. 다음 보기 의 밑줄 그은 내용과 관련이 깊은 옛날의 통신 수단은 무엇인가요? (   )

보기   벽파정 맞은편에서 <u>연기가 피어오르기에</u> 배를 보냈다.

① 봉수

② 파발

③ 편지

④ 가마

언어 2. '죽으려고 하면 살고, 살려고 하면 죽는다.'는 말은 어떤 뜻인가요? (   )

① 누구나 죽는다.   ② 죽으면 천당에 간다.
③ 삶과 죽음은 같다.   ④ 죽으면 다시 태어난다.
⑤ 죽을 각오로 싸워야 이길 수 있다.

논술 3. 1597년 9월 15일 일기에서 이순신은 장수들의 두려움을 쫓기 위해 '죽으려고 하면 살고, 살려고 하면 죽는다.'라고 했습니다. 여러분이 두려워하는 것은 무엇이고, 그 두려움을 떨치기 위해서는 어떤 노력을 해야 할지 써 보세요.

1597년 9월 16일 맑음

　망을 보던 병사가 헤아릴 수 없을 만큼 많은 적선이 명량 해협을 지나 우리가 진을 치고 있는 곳을 향해 다가온다고 보고했다. 곧장 여러 척의 배에 명령을 내려 바다로 나가자, 왜선 133척이 우리 배를 에워쌌다. 장수들은 왜선이 너무 많아 싸우기 힘들다고 여겼는지 그저 도망갈 궁리만 했다.

　그래서 내가 탄 배를 앞으로 힘껏 돌진시켰다. 왜선을 향해 총을 바람과 우레같이 쏘게 하고, 화살은 빗발같이 어지러이 쏘게 하였다. 그러자 적들도 쉽게 공격하지 못하고 앞으로 나왔다 물러났다 하였다.

　그러나 왜선의 수가 워낙 많았다. 몇 겹으로 우리 배를 둘러싸고 있어서 병사들의 낯빛이 하얗게 질려 있었다.

　"적이 아무리 많아도 우리를 쉽게 당해 내지는 못할 것이다. 흔들리지 말고 앞으로 나가 적을 섬멸하라!"

　나는 장수들을 타일렀다. 하지만 장수들의 배는 멀찌감치 물러나 있었다. 우리 배도 돌리기만 하면 적이 더 대들 태세였다. 나아가지도 물러서지도 못하는 형편이었다.

＊ **섬멸**: 모조리 무찔러 멸망시킴.

언어 1. 이순신은 수많은 적을 섬멸하기 위하여 어떤 공격을 펼쳤나요? (   )

① 멀찌감치 거리를 두었다.   ② 적을 타일러 물러가게 했다.

③ 도망을 쳐서 적을 유인하였다.   ④ 앞뒤로 들락거리며 약을 올렸다.

⑤ 적진으로 돌진해 총과 화살을 마구 쏘았다.

사회 탐구 2. 임진왜란 당시 왜군을 물리치는 데 이순신과 함께 큰 활약을 떨친 다음 전함의 이름을 쓰세요.

임진왜란 당시 이순신이 만들어 왜군을 무찌르는 데 크게 이바지한 거북 모양의 철갑선이다. 세계 최초의 철갑선으로, 등에는 창검과 송곳을 꽂아 적이 기어오르지 못하게 하였고, 앞머리와 옆구리 사방에는 화포를 설치하였다.

(   )

논술 3. 임진왜란 당시 이순신은 다양한 전술로 전쟁을 승리로 이끌었습니다. 전쟁에서 전술이 얼마나 중요한지 여러분의 생각을 써 보세요.

나는 배 위에 서서 도망치는 장수들에게 크게 소리쳤다.

"안위야, 네가 정녕 군법에 죽고 싶으냐? 네가 살려고 도망을 친다면 어디로 가서 살 것이냐?"

그러자 안위의 배가 적진을 향해 나아갔다.

"김응함, 너는 대장을 지켜야 하는 중군인데 대장을 구하기는커녕 도망을 치고 있으니 그 죄를 어찌하려 하느냐? 당장 죽여 마땅하나 지금은 상황이 급하니 공을 세울 기회를 주겠다."

그러자 김응함의 배도 적진을 향해 나아갔다.

안위의 배가 싸우려 하기 무섭게 적장이 명령을 내리자 배 세 척이 안위의 배에 가까이 다가갔다. 그러더니 왜적들이 개미 붙듯 매달려서 배로 올라가려고 다투었다. 안위와 병사들은 죽기로 맹세하고 배 위에서 적과 싸웠다.

그때 내가 배를 돌려 곧장 쳐들어가 총과 화살을 빗발치듯 적선에 쏘아 남김없이 쳐부수었다. 그리고 바다에 빠진 적장 마다시를 끌어 올려 목을 베어 높이 걸었다. 그러자 적군의 기세가 크게 꺾였다. 이후 왜선 30여 척이 부서지자 적들은 도망가기 시작했다. 다시는 우리 수군에 접근하지 못할 것이다.

＊ 중군: 조선 시대에 각 군영에서 대장이나 통제사 밑에서 군대를 통할하던 장수.

1. 이 일기의 내용으로 볼 때, 왜군의 기세를 꺾은 결정적인 사건은 무엇인가요?

(   )

① 배 위에서 싸운 일   ② 배 세 척을 부순 일

③ 빗발치듯 활을 쏜 일   ④ 김응함에게 호통친 일

⑤ 적장의 목을 베어 높이 건 일

2. 다음 그림은 이순신이 한산 대첩에서 사용한 전술인 '학익진'입니다. 이 전술에 대해 <u>잘못</u> 설명한 것은 어느 것인가요? (   )

① 적을 포위하여 공격한다.

② 지형과는 전혀 상관이 없다.

③ 일제히 공격하는 것이 가능하다.

④ 배가 늘어선 모양이 학이 날개를 편 모양이다.

⑤ 적선을 좁은 지역으로 유인한 뒤 펼치는 전술이다.

2주 4일
학습 끝!

붙임 딱지 붙여요.

3. 이순신은 도망치는 장수를 설득하여 전쟁에 나서게 했습니다. 여러분이 이순신이라면 도망치는 우리 편 장수를 어떻게 설득할지 써 보세요.

1 "난중일기"에는 이순신의 나라 사랑과 효심이 담겨 있으며, 임진왜란에 나서는 마음가짐과 준비, 긴박한 전쟁 상황이 잘 기록되어 있어요. 이것은 하루하루 쓴 일기의 주제이기도 했어요. 다음 일기의 주제를 찾아 줄로 이으세요.

(1) "너희 장수들은 살려는 마음을 버리고 전쟁에 나서라. 조금이라도 내 명령을 어길 시에는 군법에 따라 엄히 다스릴 것이다."

㉠ 자식 사랑

(2) 얼마 뒤 하인 순화가 달려와 배에서 어머니가 돌아가셨다고 하였다. 방을 뛰어나가 가슴을 치고 발을 동동 굴렀다.

㉡ 전쟁에 나서기 전 다짐

(3) 나라가 이렇게 어지러운 지경인데 도무지 구해 낼 방법이 없으니 이를 어찌하면 좋단 말인가!

㉢ 나라를 걱정하는 마음

(4) 아들 면의 병이 더 심각해졌다고 한다. 나는 아비면서도 아무것도 해 줄 수가 없다. 애타는 이 마음을 어찌할까.

㉣ 어머니에 대한 효심

2 다음 한자 성어의 뜻을 쓰고 짧은 글을 지어 보세요.

| 백전백승
(百戰百勝) | (1) 뜻: |
| | (2) 짧은 글: |

3 다음은 "난중일기"로 알 수 있는 사실들입니다. 맞으면 ○표를, 틀리면 ✕표를 하세요.

⑴ "난중일기"는 이순신이 쓴 일기이다. (   )

⑵ 임진왜란 내내 조선에는 총이 없었다. (   )

⑶ 이순신의 어머니는 임진왜란 중에 돌아가셨다. (   )

⑷ 이순신은 왜선보다 우리 배가 많을 때만 승리했다. (   )

⑸ 임진왜란에는 곽재우, 김덕령 같은 의병들이 활약했다. (   )

⑹ 이순신의 아들들은 모두 건강해서 병으로 고생하지 않았다. (   )

⑺ 임진왜란 당시 이순신은 뛰어난 전략을 짜서 왜적들을 물리쳤다. (   )

4 임진왜란이 일어나기 전에 이이는 왜군이 쳐들어올지 모르니 군대를 늘리자는 '10만 양병설'을 주장했습니다. 하지만 유성룡은 병사를 10만 명으로 늘리면 백성들의 삶이 너무 힘들어진다며 반대했습니다. 여러분은 이이와 유성룡 중 누구의 주장에 찬성하나요? 두 가지 주장 중 하나를 선택하여 그렇게 생각한 까닭을 써 보세요.

이이

유성룡

궁금해요

"난중일기"에 담긴 모든 것

우리나라 국보 제76호는 무엇일까요? 바로 "난중일기"입니다. "난중일기"는 이순신이 쓴 일기이지만 우리 민족의 소중한 유물이기도 해요. "난중일기"를 통해 당시의 시대 상황과 인물들을 생생하게 만날 수 있기 때문이지요. 그러면 "난중일기"에 어떤 이야기들이 실렸는지 알아볼까요?

"난중일기"로 보는 16세기 조선

"난중일기"에는 임진왜란 7년 동안의 일들이 기록되어 있어요. 그래서 일기를 통해 당시의 나라 안팎 사정을 알 수 있답니다. 오랫동안 평화를 누리던 조선은 일본의 상황을 제대로 파악하지 못했어요. 일본은 도요토미 히데요시가 나라를 통일한 뒤 조선을 공격할 만반의 준비를 갖추고 있었지요. 일본의 공격에 조선은 크게 당황했지만 곧 이순신의 활약으로 전세를 뒤바꾸었답니다.

"난중일기"의 강하고도 부드러운 문체

"난중일기"의 글은 장군이 쓴 글답게 힘이 넘쳐요. 도망가는 부하를 꾸짖을 때 "네가 정녕 군법에 죽고 싶으냐? 네가 살려고 도망을 친다면 어디로 가서 살 것이냐?" 하는 부분은 글에서도 이순신의 호통치는 소리가 쩌렁쩌렁 울리는 듯하지요. 문학적인 면도 있어요. "가슴이 찢어지는 듯한 이 슬픔을 어찌 글로 적을까."와 같은 부분은 한시를 읽는 것 같아요. 또 어머니와 자식을 걱정하는 모습에서 이순신의 진정 어린 마음을 엿볼 수도 있어요.

소중한 유산 "난중일기"

"난중일기"는 모두 7권으로, 임진왜란이 일어난 해인 1592년부터 이순신이 전사한 1598년까지 쓰였어요. 정조 임금 때 이순신의 기록을 모아 "이충무공전서"라는 책이 만들어지면서 "난중일기"라는 제목이 붙게 되었어요. "난중일기"는 현재 현충사에 이순신이 쓴 원본이 보관되어 있고, "이충무공전서"에도 실려 있어요.

▲ "난중일기"(전 7권)

조선의 배 판옥선

'이순신' 하면 떠오르는 또 하나는 거북선입니다. 하지만 당시 우리나라에는 판옥선이라는 훌륭한 배가 있었어요. 판옥선은 튼튼하고 빨라서 왜선 열 척이 판옥선 한 대를 당해 내지 못했지요. 판옥선은 2층 구조로 만들어진 배였어요. 아래층은 노를 젓는 공간이고 위층은 전투하는 공간으로 구분되었지요. 보통 전투를 하는 군인과 노 젓는 군인이 같은 공간에 있는 배와 달라서 전투 중에 노를 젓는 군인이 죽거나 다치는 일이 줄었어요. 또 돛과 방향을 잡는 키가 두 개라서 속력도 빠르고 방향 전환도 빠른 편이었어요.

▲ 판옥선의 갑판

판옥선, 거북선으로 탈바꿈하다

▲ 거북선

임진왜란 당시 이순신은 판옥선을 더욱 강한 배로 만들었어요. 왜군은 주로 우리 군의 판옥선에 배를 가까이 대고 일제히 건너와 칼을 휘두르며 공격을 했어요. 이순신은 이를 막기 위해 배 위에 덮개를 얹고 그 위에 쇠못을 박았어요. 이렇게 만들어진 것이 거북선이에요. 거북선은 배 앞머리에 용머리를 달고 입으로 유황불을 뿜었어요. 또 몸통 곳곳에서 포를 쏠 수 있었어요. 거북선에서 쏘아 대는 포와 화살이 우박같이 쏟아지는 바람에 거북선만 보면 왜군이 벌벌 떨었다는 내용이 "난중일기"에 쓰여 있지요.

✏️ 이순신이 만든 거북선의 특징을 써 보세요.

내가 할래요

귀신보다 무서운 이순신 장군

다음 글은 한산도 대첩에서 이순신과 싸웠던 와키자카 야스하루의 글입니다. 와키자카 야스하루는 일본의 유명한 장수인데 한산도 대첩에서 이순신에게 크게 패한 뒤 다음과 같은 글을 썼다고 해요. 여러분이 알고 있는 이순신의 모습 가운데 가장 인상적인 부분 한 가지를 골라 이순신을 소개하는 글을 써 보세요.

귀신보다 무서운 조선의 장수

나는 이순신이라는 조선 장수를 몰랐다.
해전에서 몇 번 이긴 그저 그런 장수로만 생각했다.
하지만 내가 직접 겪은 이순신은 다른 조선 장수와는 매우 달랐다.
이순신과 거북선을 직접 눈으로 본 뒤
나는 두려움에 떨며 몇 날 며칠 동안 음식을 먹을 수조차 없었다.
앞으로 전쟁에 나가야 할 장수로서 임무를 다할 수 있을지 모르겠다.

이순신은 꿈에서도 마주치고 싶지 않은 사람이야! 지금도 눈만 감으면 무시무시한 이순신과 거북선이 떠올라.

2주
학습 끝!

확인할 내용	잘함	보통임	부족함
1. 이번 주 학습을 5일(월요일~금요일) 안에 끝마쳤나요?			
2. 임진왜란 당시의 시대 상황에 대해 잘 이해하였나요?			
3. 등장인물의 마음이 되어 상상하기를 잘할 수 있나요?			
4. 이순신이 어떤 사람인지 설명을 잘할 수 있나요?			

2주 5일
학습 끝!

붙임 딱지 붙여요.

전하는 말

3주

우리 문화에
숨어 있는 과학

생각톡톡 우리나라의 민속놀이에는 어떤 것이 있는지 보기 에서 모두 찾아 쓰세요.

보기 연날리기   지뢰 게임   강강술래   (   )

관련교과 [사회 5-2] 고려의 과학 기술 알아보기, 조선의 문화와 과학의 발달 알아보기
[과학 5-2] 습도 측정하는 법 알아보기, 습도가 우리 생활에 미치는 영향 알아보기, 물체를 움직이는 여러 가지 힘에 대해
알아보기

우리 문화에 숨어 있는 과학

오늘날 우리의 생활 모습은 조상들의 생활 모습과 다른 점이 매우 많다. 과학이 점차 발달하면서 많은 기계가 만들어지고, 그로 인해 옛날에 비해 생활이 무척 편리해졌다. 그 때문인지 조상들의 옛 생활을 불편하고 비과학적인 것으로 여기며, 서양에서 들어온 편리한 문물에만 높은 가치를 두는 사람도 많다.

그러나 조상들의 생활은 그렇게 불편하고 비과학적인 것만은 아니었다. 음식을 신선하게 보관하는 옹기, 우리 고유의 난방 장치인 온돌, 질기고 오래 보존되는 한지 등을 만들 때 사용된 기술은 매우 독창적이면서도 당시 기술로는 세계에서 으뜸이라 할 만하다. 조상들의 지혜와 슬기를 엿볼 수 있는 과학 기술인 것이다. 특히 우리 조상들이 생활에서 사용한 과학 기술은 자연과 화합하는 성질을 가지고 있다. 흙, 물, 바람, 태양을 이용하여 자연과 과학이 절묘하게 어울리게 한 것이다.

흥겨운 민속놀이 속에도 조상들의 과학적인 사고와 기술이 담겨 있다. 정월 대보름에 즐겨 하는 연날리기가 대표적인데, 댓살과 종이를 이용해 만든 연을 하늘 높이 띄우는 데 이용된 원리가 매우 과학적임을 알 수 있다.

※ **비과학적**: 과학적인 근거가 없는.

1. 다음 중 우리 조상들의 지혜와 슬기가 담겨 있는 물건이 <u>아닌</u> 것은 어느 것인가요?

( )

①
연

②
한지

③
옹기

④
미끄럼틀

 2. 이 글에서 설명하는 내용으로 알맞지 <u>않은</u> 것은 어느 것인가요? (   )

① 조상들은 과학과는 무관한 삶을 살았다.
② 연날리기에도 과학적 원리가 담겨 있다.
③ 과학이 발달하면서 사람들의 생활은 무척 편리해졌다.
④ 조상들의 지혜와 슬기를 엿볼 수 있는 과학 기술은 매우 많다.
⑤ 조상들의 옛 생활을 불편하고 비과학적이라고 여기는 사람도 있다.

3. 이 글에서 우리 조상들은 과학에 많은 관심을 가졌다고 했습니다. 과학이 우리 생활에 필요한 까닭을 써 보세요.

연날리기에 숨어 있는 과학

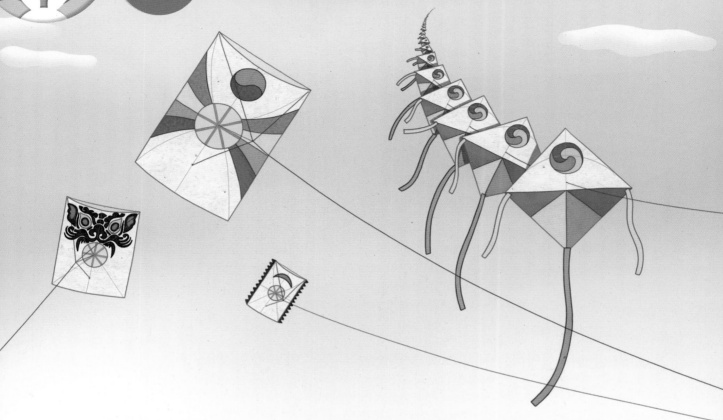

　우리 조상들은 정월 대보름이면 연날리기를 했다. 연을 날려 보내며 1년 동안 탈 없이 보내기를 기원한 것인데, 이 민속놀이는 오늘날까지 이어지고 있다.

　연날리기는 갖가지 모양의 연을 하늘 높이 띄우며 노는 민속놀이이다. 정월 초하루부터 대보름 사이에 주로 즐겼으며 그 해의 재난을 멀리 보낸다는 뜻에서 일부러 연줄을 끊어 띄우기도 하였다.

　연은 창호지나 백지 등의 종이를 접어서 만든 뒤, 연실을 매어 공중에 띄운다. 연을 아름답게 꾸미기 위해서 채색을 하거나 동물 그림을 그리기도 하고, 종이를 오려 붙이기도 한다.

　연의 종류는 100여 가지가 된다. 그중에서 방패연은 전통적인 우리 연으로 이순신 장군이 임진왜란 때 통신용으로 사용한 것이기도 하다.

　연을 날리며 할 수 있는 놀이에는 여러 가지가 있다. 연을 얼마만큼 멀리, 그리고 높이 띄울 수 있는가를 겨루는 '높이 띄우기'가 있고, 날리는 사람의 손놀림에 따라서 방향을 급히 바꾸거나 오르락내리락하는 '재주 부리기'가 있다. 또 두 개 혹은 그 이상의 연이 서로 교차[*]하면서 연실을 비벼 끊는 '끊어 먹기' 놀이가 있다. 연 하나로도 몇 시간 동안 신나게 놀이를 할 수 있는 것이다.

＊ **교차**: 서로 엇갈리거나 마주침.

1. 이 글에서 우리 조상들은 정월 대보름이면 연날리기를 했다고 하였습니다. 명절마다 어떤 민속놀이를 했는지 알맞은 것끼리 줄로 이으세요.

(1) 단오   (2) 한가위   (3) 정월 대보름   (4) 설날

•   •   •   •

•   •   •   •

㉠ 농악 놀이   ㉡ 그네뛰기   ㉢ 윷놀이   ㉣ 쥐불놀이

2. 조상들이 정월 대보름에 연을 날리며 기원한 것은 무엇인가요? (   )

① 비가 내리기를 빌었다.   ② 태풍이 그치기를 빌었다.

③ 햇볕이 더 강해지기를 빌었다.   ④ 바람이 강하게 불기를 빌었다.

⑤ 1년 동안 탈 없이 보내기를 빌었다.

3. 여러분이 연을 날리며 한 해 소원을 빈다면 올해에는 어떤 소원을 빌고 싶은지 써 보세요.

어떻게 하면 연을 잘 만들 수 있을까? 연에 숨어 있는 과학을 알게 되면 하늘을 멋지게 나는 연을 만들 수 있다. 우리나라의 연에는 가오리연, 방패연 등이 있는데 그중에서 방패연 만드는 방법을 살펴보자.

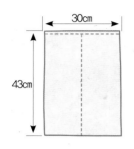

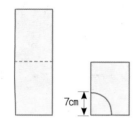

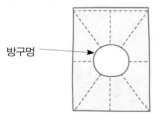

방구멍

먼저 연을 만들기 위해 가로와 세로 비율이 2대 3이 되게 종이를 자른다. 그리고 윗부분을 2~3센티미터 접은 다음, 가로로 반을 접고, 다시 세로로 반을 접고, 대각선으로 반을 접었다 편다. 가운데 생긴 중심점에 컴퍼스로 둥근 원을 그린 뒤 원을 오려 내서 구멍을 만든다. 이것을 방패연의 '방구멍'이라고 한다.

방구멍은 다른 나라 연에서는 찾아볼 수 없는 특징이다. 방패연의 방구멍은 바람을 조절하여 연이 잘 날도록 하는 역할을 한다. 바람이 약할 때에는 방구멍으로 바람이 통과하면서 생기는 힘으로 연을 떠받쳐 연이 땅으로 떨어지지 않게 한다. 반대로 바람이 강할 때에는 방구멍으로 바람을 흘려보내 바람의 저항을 줄여 준다. 그래서 바람이 거센 날에도 연이 찢어지지 않고 날 수 있는 것이다.

방구멍을 낸 뒤에는 연에 무늬를 그려 넣는다. 각자 원하는 모양으로 개성 있게 연을 꾸미면 된다.

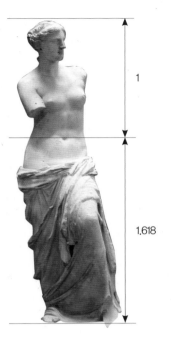

예체능 1. 연을 만드는 종이의 가로와 세로 비율은 2대 3입니다. 이처럼 물건을 만들거나 건축물을 지을 때는 여러 가지 비율을 사용합니다. 그렇다면 미술이나 건축 등에서 사용되는 다음의 비율은 무엇인가요? (   )

이것은 고대 그리스에서 발견된 것으로 기하학적으로 가장 조화가 잡힌 비율을 말한다. 인간의 눈으로 볼 때 이 비율을 응용하여 만든 물건이나 건축물은 다른 비율을 사용해 만든 것에 비해 안정적으로 느껴진다. 액자, 창문, 책, 신용 카드 등 우리 생활 주변에는 이 비율을 이용한 물건들이 매우 많다. 우리나라의 유명한 건축물 중 하나인 영주 부석사 무량수전의 평면에도 1대 1.618인 이 비율이 적용되었다.

① 수직 비율   ② 뉴턴 비율   ③ 황금 비율   ④ 평면 비율   ⑤ 사각 비율

3주 1일
학습 끝!

붙임 딱지 붙여요.

언어 2. 다음 중 다른 나라 연에서는 찾아볼 수 없는 우리나라 연만의 특징은 무엇인가요?
(   )

① 연줄이 없다.   ② 연에 방구멍이 있다.
③ 연의 모양이 세모이다.   ④ 연의 모양이 네모이다.
⑤ 연의 모양이 동그라미이다.

논술 3. 옛사람들은 연에 '액을 쫓고 복을 기원한다'는 뜻의 송액영복(送厄迎福)을 써넣기도 했습니다. 여러분은 연에 어떤 글을 쓰고 싶은지 생각하여 연 종이에 보기 처럼 써 보세요.

보기

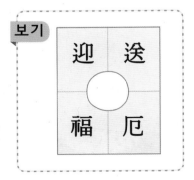

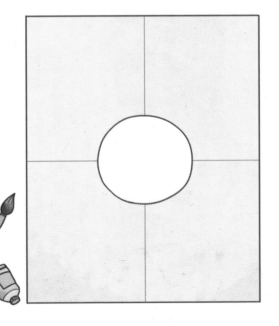

방구멍을 내고 무늬까지 그린 뒤에는 댓살을 붙여야 한다. 댓살은 대나무를 가늘고 길게 쪼갠 조각이다. 댓살에 풀을 발라 붙이는 순서는 다음과 같다.

① 대나무를 쪼개어 연살(머릿달 1개, 귓달 2개, 꽁숫달 1개, 허릿달 1개)을 준비한다. 머릿달은 활처럼 15~20도 휘어지는 것이 좋고, 귓달과 꽁숫달은 윗부분에서 아랫부분으로 갈수록 얇게 다듬는다. 허릿달도 부드럽게 휘어지도록 얇게 다듬는다. 연의 아래쪽에는 댓살을 붙이지 않는다. 이것은 연을 가볍게 하기 위해서이다.

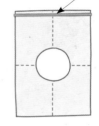
머릿달

② 위에서 2~3센티미터 접은 지점에 머릿달을 붙인다.

③ 두 개의 귓달을 대각선으로 붙이는데 아랫부분부터 붙인다.

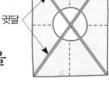
귓달

④ 귓달의 윗부분을 붙일 때에는 머릿달 끝을 앞으로 살짝 당기고 귓달을 밀면서 휘게 붙인다. 그러면 연의 배가 살짝 튀어나오게 된다.

⑤ 꽁숫달을 붙인다. 꽁숫달은 귓달의 아래쪽으로 넣어 붙인다.

꽁숫달

⑥ 허릿달을 붙인다. 허릿달은 꽁숫달의 아래쪽으로 넣어 붙인다.

허릿달

⑦ 머릿달 윗부분의 종이에 풀칠을 하여 머릿달을 덮는다.

⑧ 연살이 한지보다 더 튀어나온 부분은 깔끔하게 잘라 준다. 이때 머릿달의 양쪽 끝부분은 실을 매야 하므로 약간 남겨 둔다.

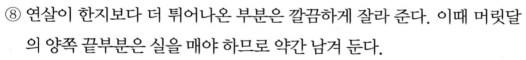

1. 이 글은 연을 만드는 과정에서 어떤 부분을 설명하고 있나요? (   )

① 연줄 달기　　　　② 댓살 자르기　　　　③ 댓살 붙이기
④ 방구멍 뚫기　　　　⑤ 종이 준비하기

 2. 연의 아래쪽에 댓살을 붙이지 <u>않는</u> 까닭은 무엇인가요? (   )

① 연에 힘을 주기 위해서
② 연을 가볍게 하기 위해서
③ 연을 무겁게 하기 위해서
④ 연을 튼튼하게 하기 위해서
⑤ 연을 동그랗게 만들기 위해서

3. 우리나라에서는 추운 겨울에 바람이 부는 날이면 아이들이 너도나도 연을 만들어 띄워 올리곤 했습니다. 이뿐 아니라 전쟁 중에 적을 속이거나 신호를 보낼 때에도 연을 활용했습니다. 여러분의 생활 속에서도 놀이 외에 연을 다른 방법으로 활용할 일이 있을까요? 멋진 아이디어를 생각해서 써 보세요.

이번에는 연을 만드는 과정에서 가장 중요하다고 할 수 있는 연줄 묶기이다. 연줄은 연을 조종할 수 있는 손잡이와 같다. 그래서 연줄을 이용하여 연을 돌리거나 올리고, 내리거나 앞뒤로 가게 할 수도 있다.

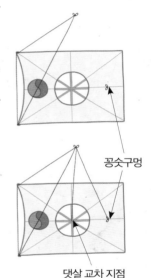

① 120센티미터 정도의 튼튼한 실 세 가닥을 준비한다. 한 가닥을 먼저 두 겹(60센티미터)으로 포갠 다음 연살이 보이는 쪽에서 활벌이줄을 맨다. 이 줄은 머릿달과 귓달이 겹쳐진 양쪽 끝에 매는 것으로 머릿달이 약간 휘어질 정도로 팽팽하게 맨다.

② 연을 정면(앞쪽)으로 보이게 한 다음 윗줄(120센티미터)을 머릿달과 귓달이 겹쳐진 양쪽 끝에 묶어서 고정시킨다.

③ 가운뎃줄(120센티미터)은 각 댓살이 교차하는 중간 부분에 한 줄을 묶어 고정시킨다. 그런 다음 방구멍 아래 중간 지점에 꽁숫달을 사이에 두고 두 개의 구멍(꽁숫구멍)을 낸다. 그리고 이 구멍 사이로 나머지 한 쪽을 통과시킨 다음 묶어서 고정시킨다.

④ 네 가닥의 실을 합쳐서 잡은 다음 매듭을 묶는다. 이때 연이 중심을 잡으려면 양쪽 끝에 매달려 있는 두 줄의 길이가 꽁숫구멍까지 닿도록 해야 하는데, 그 길이가 똑같아야 한다. 그리고 꽁숫줄의 길이도 머릿달의 양쪽 끝에 닿는 정도가 적당하다. 가운뎃줄은 살짝 느슨하게 한 다음 매듭을 묶는다.

＊ **매듭**: 실·끈 등을 잡아맨 자리.

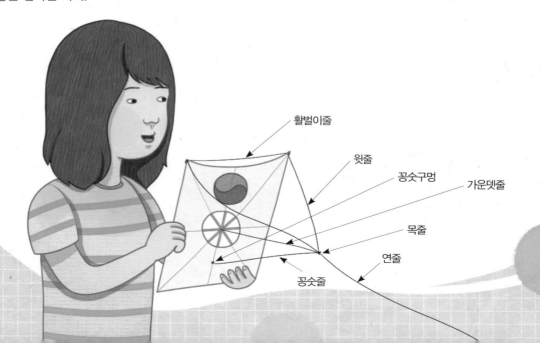

1. 연을 조종하는 손잡이 역할을 하는 것은 어느 것인가요? (   )

① 연줄   ② 귓달   ③ 방구멍   ④ 머릿달   ⑤ 꽁숫구멍

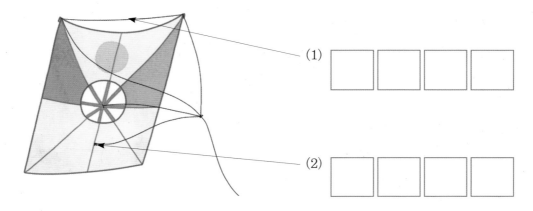

2. 다음 그림은 연줄까지 다 묶은 완성 단계의 연입니다. 그림에 표시된 부분의 이름을 빈칸에 쓰세요.

(1) ▢▢▢▢

(2) ▢▢▢▢

3. 이 글에서는 연을 만드는 과정에서 연줄 묶기가 가장 중요하다고 했습니다. 연을 만드는 다음 과정 중에서 여러분은 어떤 과정이 가장 중요하다고 생각하는지 까닭과 함께 써 보세요.

연 종이에 방구멍 내기 → 무늬 그리기 → 댓살 붙이기 → 연줄 묶기

이제 다 만들었으니 연을 날려 보자. 어떤 날에 연이 하늘을 잘 날까? 바람이 불지 않는 날도 힘들지만 바람이 너무 거세게 부는 날도 연을 날리기는 어렵다. 연을 날리기에 가장 좋은 날은 초속 5미터 정도의 바람이 부는 날이다.

연을 날릴 때에는 얼레를 잡은 사람이 바람을 등지고 연줄을 20~30미터쯤 푼다. 그러면 다른 한 사람이 연을 잡아서 바람을 타도록 연을 높이 띄워 주면 연이 쉽게 날아오른다.

연이 뜨는 원리는 비행기가 뜨는 원리와 비슷하다. 연의 평평한 면을 바람이 부는 방향에 수직으로 세우면 연은 바람을 타고 뒤로 날아간다. 하지만 연에 연실이 연결되어 있으므로 어느 순간 연실이 팽팽해지고 연의 위쪽이 앞으로 살짝 기울어진다. 이때 연의 윗면과 아랫면을 흐르는 공기의 속도가 달라 압력의 차이가 발생함으로써, 아래쪽 공기가 연을 위로 떠밀어 연이 더 높이 떠오르게 된다.

연을 위로 떠미는 힘을 양력이라고 하고, 바람이 부는 방향에 따라 뒤로 진행하려는 힘을 저항력이라고 한다. 얼레에 감겨 있는 연실을 풀면 연은 저항력에 의해 뒤로 끌려간다. 반대로 줄을 감으면 다시 양력이 발생해 위로 떠오른다. 이렇게 얼레에 감겨 있는 연실을 감거나 푸는 것으로 연의 방향과 높이를 조종할 수 있다.

＊ **얼레**: 연줄이나 낚싯줄 따위를 감는 기구.

🐰 **언어** 1. 다음은 연을 날리는 방법입니다. 맞으면 ◯표를, 틀리면 ✕표를 하세요.

(1) 바람이 거세게 불수록 연을 날리기에 좋다. (   )

(2) 연을 날리기에 좋은 날은 바람이 전혀 불지 않는 날이다. (   )

(3) 연을 날리기에 가장 좋은 날은 초속 5미터 정도의 바람이 부는 날이다. (   )

(4) 얼레를 잡은 사람은 바람을 등지고 연줄을 20~30미터쯤 풀어 준다. (   )

(5) 얼레에 감긴 연실을 감거나 푸는 것으로 연의 방향과 높이를 조종할 수 있다. (   )

🐰 **과학 탐구** 2. 연이 하늘로 날아오를 때에는 여러 가지 힘이 적용됩니다. 다음 빈칸에 들어갈 힘을 보기 에서 찾아 쓰세요.

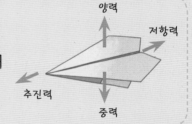

> **보기** • 중력: 지구가 비행기를 아래로 당기는 힘
> • 양력: 공기의 압력 차이로 인해 비행기를 위로 떠미는 힘
> • 저항력: 공기의 저항 때문에 앞으로 나아가는 힘의 반대
>   방향으로 생기는 힘
> • 추진력: 엔진 등을 이용해 앞으로 나아가게 하는 힘

연을 위로 떠미는 힘을 _____ 이라고 하고, 바람이 부는 방향에 따라 뒤로 진

행하려는 힘을 _____ 이라고 한다.

3주 2일
학습 끝!

붙임 딱지 붙여요.

🐰 **논술** 3. 이 글에서는 연과 비행기가 하늘을 나는 원리에 대해 설명하고 있습니다. 다음 사진에서 새의 몸 구조를 보고 새가 하늘을 날 수 있는 까닭을 써 보세요.

Hint: 유선형 몸!
뼛속이 비어 있음!

87

03 한지에 숨어 있는 과학

　우리 문화에 숨어 있는 과학 기술의 두 번째 주인공은 한지 기술이다. 한지는 우리나라의 전통 종이로, 오늘날은 물론 그 옛날에도 중국과 일본 등의 나라로부터 질 좋은 종이로 인정받았다.

　종이가 만들어진 것은 105년경 중국의 채륜에 의해서라고 전해지고 있다. 채륜은 돌절구에 나무껍질, 베옷, 고기잡이 그물 등을 넣고 찧어서 종이를 만들었다고 한다.

　우리나라는 4세기 무렵 고구려 소수림왕 때 종이 만드는 기술을 중국으로부터 전해 받았다. 하지만 이후 우리 조상들은 중국의 종이와는 다른 우리만의 종이를 만들어 냈다. 고려 시대에 만들어진 종이의 명성은 조선 시대로 이어져 한지가 중국과의 외교 품목에서 필수품으로 여겨졌다. 종이 만드는 법은 중국에서 전해졌지만 종이를 뛰어나게 발전시킨 것은 우리나라였던 것이다. 중국에서는 역대 제왕의 업적을 기록하는 데에 한지만 사용했다는 기록도 있다.

　한지는 쓰임이 다양했다. 한지에 글을 써서 책을 만드는 데 이용되었을 뿐만 아니라 문살[*]에 발라 바람을 막는 데도 이용되었다. 또 한지로 [*]등갓을 만들었을 뿐만 아니라 방바닥에 장판으로 바르기도 하였다.

＊ **문살** : 문짝에 종이를 바르거나 유리를 끼우는 데에 뼈가 되는 가늘고 긴 나뭇조각.
＊ **등갓** : 등 위에 씌워서 불빛을 반사시켜 더 밝게 하거나 비추는 곳을 조절하는 물건.

1. 다음 그림 중 한지가 쓰인 다른 두 곳에 보기 처럼 ◯표를 하세요.

보기

 2. 이 글을 읽고 아이들이 대화를 나누고 있습니다. 글의 내용을 잘못 이해한 친구는 누구인가요? (   )

① 중국의 채륜이 종이를 발명했어.

② 종이를 처음 만든 나라는 우리나라야.

③ 종이가 처음 만들어진 것은 105년경이래.

④ 한지는 질이 좋아서 중국에서도 인기가 많았어.

 3. 종이는 중국의 3대 발명품 중 한 가지입니다. 종이가 중국의 3대 발명품으로 꼽힐 정도로 중요한 까닭이 무엇인지 생각하여 써 보세요.

한지를 만드는 일은 손이 많이 가는 일이다. 한지를 만드는 과정을 살펴보며 조상들이 얼마나 정성껏 한지를 만들었는지 알아보자.

1

닥나무 채취하기
주로 1년생 닥나무를 12월에서 다음 해 3월 말까지 채취한다. 이때가 닥나무의 섬유질[*]이 좋고 수분도 적당하기 때문이다.

2

찌기
껍질이 잘 벗겨지도록 닥나무를 찐다.

3

껍질 벗기기
찐 닥나무의 껍질을 밑에서부터 칼로 벗겨 낸다. 껍질을 한 움큼씩 묶어서 햇볕에 말리면 흑피가 되고, 흑피를 냇물에 불려서 겉껍질을 벗기면 청피, 이 청피를 벗기면 백피가 된다.

4

닥 삶기
물에 불린 백피를 적당한 크기로 잘라 솥에 잿물[*]과 함께 넣고 다섯 시간 정도 충분히 삶는다.

5

씻기와 표백하기
삶은 백피를 맑은 물로 씻고 10일가량 물속에 담가 둔 상태에서 햇볕을 쬐어 하얗게 표백한다.

※ **섬유질**: 생물체를 이루는 가늘고 긴 실처럼 이루어진 물질.
※ **잿물**: 짚이나 나무를 태운 후 나온 재를 우려낸 물.

언어 1. 이 글에서는 한지를 만드는 과정을 설명하고 있어요. 이를 통해 알 수 있는 내용은 무엇인가요? (   )

① 한지는 값이 싸다.   ② 백제에서 처음 만들었다.

③ 한지는 무지개 색이다.   ④ 한지는 만들 때 손이 많이 간다.

⑤ 한지는 100장씩 묶음으로 만든다.

과학탐구 2. 다음은 한지를 만드는 과정의 앞부분입니다. 순서대로 번호를 쓰세요.

① 찌기   ② 닥 삶기   ③ 껍질 벗기기

④ 닥나무 채취하기   ⑤ 씻기와 표백하기

(   ) → (   ) → (   ) → (   ) → (   )

논술 3. 한지는 여러 과정을 거쳐 만들어집니다. 이 중 한 과정이라도 소홀히 한다면 어떤 일이 일어날지 여러분의 생각을 써 보세요.

티 고르기
백피 속에 남아 있는 표피, 불순물 등을 일일이 손으로 제거한다.

두드리기
티 고르기를 마친 닥은 물을 짠 뒤 넓은 돌판 위에 올려놓고 나무 방망이로 두들긴다. 이렇게 하면 닥 섬유가 물에 잘 풀어진다.

종이 뜨기
닥 섬유를 닥풀과 함께 물이 담긴 큰 통에 넣고 막대기로 저어 엉킨 것을 풀어 준 뒤, 섬유를 발로 뜬다.

물 빼기
발로 뜬 종이를 바탕이라 하는데, 바탕을 차례로 쌓은 뒤 그 위에 널빤지를 얹고 다시 무거운 돌을 올려 물이 천천히 빠지도록 한다.

말리기
물을 뺀 종이를 한 장씩 떼어 말린다. 옛날에는 방바닥이나 흙벽 등에서 말렸으나 최근에는 열판에 붙여서 말린다.

다듬기
한지 제작의 마지막 과정이다. 마른 종이를 포갠 뒤 밀도를 높이기 위해 방망이로 두들기면 종이가 완성된다.

※ **발**: 가늘고 긴 대를 줄로 엮어서 만든 물건.
※ **열판**: 열이 나는 평평한 판.

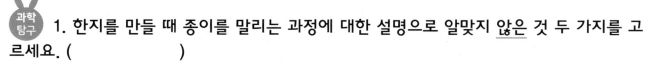

과학 탐구 **1.** 한지를 만들 때 종이를 말리는 과정에 대한 설명으로 알맞지 <u>않은</u> 것 두 가지를 고르세요. (   )

① 햇볕에 말린다.   ② 바람 부는 날 줄에 널어 말린다.

③ 방바닥이나 흙벽에 붙여서 말린다.   ④ 물을 뺀 종이를 한 장씩 떼어 말린다.

⑤ 최근에는 주로 열판에 붙여서 말린다.

과학 탐구 **2.** 다음 중 한지를 만드는 마지막 과정은 무엇인가요? (   )

①
종이 뜨기

②
두드리기

③
물 빼기

④
말리기

⑤
다듬기

3주 3일
학습 끝!

붙임 딱지 붙여요.

논술 **3.** 한지는 오늘날 빠르고 쉽게 종이를 만드는 것과 비교하면 만들 때 손도 많이 가고 시간도 많이 걸립니다. 한지의 특징과 만드는 법을 생각한 뒤 한지가 효율적인 종이인지 비효율적인 종이인지 써 보세요.

한지의 우수성은 이미 널리 알려져 있다. 그 첫 번째 특징은 '질기다'는 것이다.

한지의 재료가 되는 것은 닥나무이다. 우리 조상들은 닥나무의 섬유질이 풍부한 가을과 겨울에 나무를 채취하였고 나무의 섬유질을 거의 자르지 않고 종이를 만들었다.

게다가 추운 겨울에 찬물에 불려 섬유질이 더 단단히 죄어지게 했다. 발을 이용해 종이를 뜨는 과정에서도 앞뒤로 한 번 뜨고 다시 좌우로 한 번 뜸으로써 종이의 결이 위아래와 좌우로 교차하게 했다.

이런 모든 과정을 거친 한지는 어느 방향으로든 쉽게 찢어지지 않는다. 실제로 한지 여러 겹으로 갑옷을 만들고 옻칠을 하면 화살도 뚫지 못한다고 한다.

한지의 두 번째 특징은 '오래간다'는 것이다.

한지의 수명은 서양의 종이와는 비교할 수 없을 정도이다. 서양의 종이는 몇십 년만 지나면 누렇게 변하고 약해지지만, 한지는 몇백 년이 지나도 끄떡없다. 닥나무 껍질을 잿물에 삶는 과정에서 종이가 염기성을 띠게 되는데, 이 때문에 시간이 지날수록 결이 고와지고 오랜 세월 동안 보존되는 것이다. 통일 신라 시대 때 만들어진 '무구 정광 대다라니경'이 오늘날까지 전해진 것이 그 증거라 할 수 있다.

* 옻칠: 기구나 나무 그릇 따위에 윤을 내기 위하여 옻을 바르는 일.
* 무구 정광 대다라니경: 1966년 경주 불국사 3층 석탑에서 발견된 세계에서 가장 오래된 목판 인쇄물.

과학탐구 1. 이 글에서 설명하는 한지의 특성 두 가지를 고르세요. (   )

① 질기다.   ② 거칠다.   ③ 딱딱하다.

④ 잘 찢어진다.   ⑤ 수명이 길다.

사회탐구 2. 이 글에서 한지의 수명이 길다는 증거로 다음의 유물을 소개하고 있습니다. 유물의 이름을 이 글에서 찾아 쓰세요.

1966년 10월에 경상북도 경주의 불국사 3층 석탑에서 발견되었다. 신라 경덕왕 10년(751년)에 불국사 3층 석탑을 세울 때 봉안된 것으로, 세계에서 가장 오래된 목판 인쇄물로 인정받고 있다. 국보 제126호이다.

(   )

논술 3. 한지는 섬유질이 단단하게 죄어져 매우 질긴 성질을 가지고 있습니다. 그렇기 때문에 옛날에는 한지로 갑옷도 만들어 입었다고 합니다. 이렇게 질긴 한지를 또 어떻게 활용할 수 있을지 써 보세요.

한지의 세 번째 특징은 '통기성'이다.

한지는 숨을 쉰다. 한지를 통해 공기가 들어왔다 나간다는 뜻이다. 이는 한지를 만드는 마지막 과정인 '다듬기' 때문이다. 다듬기 과정은 옷감을 두드리는 다듬이질과 비슷하다. 마른 종이를 방망이로 다듬이질하듯 두드리는 것이다. 그러면 섬유질 조직이 촘촘해질 뿐만 아니라 종이의 표면도 평평해지고 윤기가 난다. 하지만 섬유질 사이의 공간이 유지됨으로써 그 공간을 통해 공기와 햇빛이 드나들게 된다. 이런 특징을 살려 우리 조상들은 한지를 문창호지, 등갓, 장판 등으로 사용하였다.

한지의 마지막 특징은 '습도 조절'이다.

날이 건조할 때면 한지는 머금었던 물기를 내놓아 일정한 습도를 유지한다. 그리고 날이 습할 때면 반대로 물을 빨아들인다. 이것은 한지를 만들 때 자연 상태를 해치지 않고 그대로 살렸기 때문에 가능한 일이다.

한지를 만드는 재료에는 화학 약품이 전혀 들어가지 않는다. 사람의 정성과 노력만으로 나무에서 한지가 되는 것이다. 과정이 이렇다 보니 한지는 나무가 물을 머금고 뱉어 내듯이 자연 그대로의 성질을 지니고 있다.

＊ **통기성**: 공기가 통할 수 있는 성질이나 정도.

아, 상쾌해!
바람이 솔솔~!

1. 이 글에서 설명한 내용이 <u>아닌</u> 것은 어느 것인가요? (   )

① 한지는 숨을 쉰다.　　　　　　　　② 한지는 화학적이다.

③ 한지는 자연 친화적이다.　　　　　④ 한지는 스스로 습도를 조절한다.

⑤ 한지는 문창호지나 장판으로도 사용된다.

2. 물질은 외부의 힘에 의해 변화가 일어나요. 이 글에서 다음과 같은 다듬기를 한 뒤 나타나는 한지의 변화 중 좋은 점을 모두 고르세요. (   )

① 종이가 거칠어진다.

② 종이에 윤기가 난다.

③ 종이가 울퉁불퉁해진다.

④ 종이 표면이 평평해진다.

⑤ 종이의 섬유질 조직이 촘촘해진다.

3. 한지를 사용하면 우리 생활에 많은 도움을 줍니다. 사람들에게 한지의 좋은 점을 설명하며 한지 사용을 권하는 글을 써 보세요.

우리가 살펴본 생활 문화 속 과학 기술은 연과 한지를 만드는 기술이었다. 예부터 어른이나 아이 모두 즐긴 놀이 기구인 방패연에는 하늘을 나는 비행 원리뿐 아니라 우리나라만의 멋스러운 특징이 담겨 있다. 또 한지에는 세계의 어느 종이도 따라올 수 없을 정도로 질기고 오래가는 우수한 특징이 담겨 있다.

이처럼 조상들의 문화에는 우리가 미처 발견하지 못한 많은 과학이 숨어 있다. 지붕의 기와 한 장에도, 장독대의 항아리에도, 곡식을 가는 맷돌과 물건을 짊어지는 지게에도, 김치나 장 같은 음식에도 놀라운 과학 원리가 담겨 있다. 이들 모두가 자연과 조화를 이루고 우리 민족 고유의 독창성을 간직한 조상들의 유산이다.

하지만 안타깝게도 우리는 조상들의 독창적이면서도 우수한 유산을 꾸준히 계승하지 못한 채 서양의 과학 기술만을 쫓아가고 흉내 내기에 바빴다. 심지어는 우리 조상들의 지혜를 소홀히 여기고 무시하는 경우도 종종 있다. 이제라도 반만년의 긴 세월 동안 이어져 온 조상들의 슬기와 지혜를 찾아 배우고 익혀야 할 것이다. 그 속에 담긴 뛰어난 과학 기술을 찾아 우리 고유의 문화로 발전시킬 뿐만 아니라 우리 생활 속에 이용해 보자. 조상의 지혜에 오늘날 우리의 지혜를 더한다면 세계에서 가장 우수한 겨레가 될 수 있을 것이다.

※ **유산**: 앞 세대가 물려준 사물 또는 문화.

1. 이 글에서 말한 우리 고유의 문화유산이 <u>아닌</u> 것은 어느 것인가요? (   )

①
기와

②
지게

③
항아리

④
우산

 언어

2. 조상들이 물려준 문화유산의 가치를 찾는 방법으로 알맞은 것을 모두 고르세요.

(   )

① 박물관에 가지 않기　　　　　② 문화유산 찾아보기
③ 고유의 문화로 발전시키기　　④ 외국 문화에 더 관심 갖기
⑤ 우리 문화유산에 대해 널리 알리기

3주 4일
학습 끝!
붙임 딱지 붙여요.

논술 3. 여러분은 이 글을 읽고 조상들이 남긴 우리 문화유산은 과학적 가치가 매우 높다는 것을 깨달았을 것입니다. 이를 바탕으로 우리 문화유산의 소중함을 주장하는 글을 써 보세요.

1 '우리 문화에 숨어 있는 과학'에서는 연에 담긴 과학 원리를, 연을 만드는 과정과 함께 설명하고 있습니다. 다음 그림과 설명을 읽고 연을 만드는 순서대로 빈칸에 번호를 쓰세요.

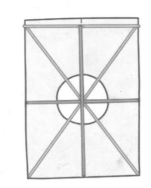

다섯 개의 댓살을
머릿달부터 차례로 붙인다.

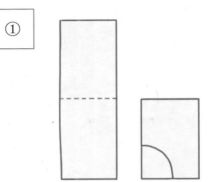

①

가로세로 비율이 2대 3이
되게 종이를 자른다.

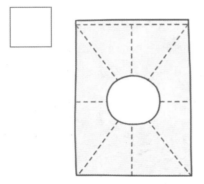

종이 한가운데에 둥근
방구멍을 뚫는다.

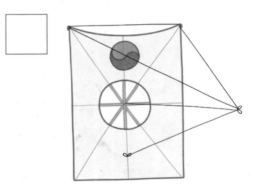

활벌이줄부터 차례로
연줄을 묶는다.

2 연을 날릴 때는 얼레를 잡은 사람 외에도 바람에 연을 띄워 줄 사람이 필요합니다. 연을 띄우는 방법을 바람의 방향과 연관 지어 써 보세요.

3 다음은 한지의 특징과 그 과학적인 원리를 정리한 내용입니다. 알맞은 것끼리 줄로 이으세요.

(1) 한지는 질기다. •

(2) 한지는 공기와 빛을 통과시킨다. •

(3) 한지는 오래간다. •

(4) 한지는 스스로 습도를 조절한다. •

• ㉠ 날이 건조할 때면 한지는 머금은 물기를 내놓아 일정한 습도를 유지한다. 반대로 날이 습할 때면 한지가 물기를 빨아들인다.

• ㉡ 산성 성질을 가진 서양의 종이는 금방 색이 변하고 분해되지만 염기성을 띠는 한지는 시간이 지날수록 결이 고와지고 오랫동안 보존된다.

• ㉢ 나무의 섬유질을 거의 자르지 않고 만드는 데다가 추운 겨울에 찬물을 이용해 만들기 때문에 섬유질이 단단하게 죄어져 질긴 종이가 된다.

• ㉣ 마른 종이를 나무 방망이로 다듬이질하듯 두드려 준다. 이렇게 하면 섬유질 사이의 공간을 통해 공기와 빛이 드나들 수 있다.

4 우리 주변에서 한지가 사용된 예를 들고, 그것의 좋은 점을 써 보세요.

연을 사랑하는 세계인들

연날리기는 우리나라의 대표적인 민속놀이 중 하나입니다. 우리 조상들은 연날리기를 통해 하늘을 향해 소원을 빌고, 재미있는 놀이들을 했어요. 이 밖에도 연은 하늘을 나는 특징 때문에 다양하게 활약했답니다. 그러면 여기에서 세계 역사 속 연의 활약을 한번 살펴볼까요?

너도나도 연을 날리자

우리나라에서 연날리기가 유행하기 시작한 것은 조선 중기인 영조 때부터였어요. 정월 대보름이 되면 광교와 수표교는 연날리기를 즐기는 사람들로 붐빌 정도였지요. 그렇다면 우리나라 사람들만 연날리기를 좋아했을까요?

연날리기는 많은 세계인이 즐기는 놀이 중 하나예요. 아마도 비행기가 없던 시대에 새처럼 하늘을

▲ 연날리기 대회에 등장한 독특한 모양의 연

날고 싶은 인간의 마음을 연이 대신했기 때문일 거예요. 연날리기는 오늘날에도 그대로 이어져 해마다 세계 연날리기 대회가 열리기도 해요. 이 대회에서는 각양각색의 연이 하늘을 뒤덮어요. 넓은 하늘을 다 차지하려는 듯 커다란 연이 있는가 하면, 동물 모양의 연도 있지요.

다양한 연의 활약

▲ 수렵이나 교통수단으로 활용된 연

예부터 연의 활약은 다양했어요. 말레이반도 원주민들은 아주 커다란 연을 만들어서 배를 끌었어요. 하늘에 뜬 커다란 연이 돛의 역할을 하여 배가 움직이는 것이지요.

파푸아 뉴기니에서는 연으로 물고기를 잡았어요. 하늘을 나는 연에 그물이나 낚싯줄을 묶어 물고기를 잡을 수 있다니 대단한 기술이지요? 연을 이용해 물고기를 잡는 기술은 파푸아 뉴기니 사람들에게 지금도 대대로 전해 내려오고 있답니다.

전쟁터에서의 활약

연의 활약은 전쟁터에서도 이어졌어요. 역사적으로 연을 전쟁에 활용한 예는 많아요.

옛날 신라 시대에도 연에 얽힌 유명한 이야기가 있어요. 당시 신라는 비담과 염종의 반란으로 위태로운 상태였어요. 설상가상으로 한밤중에 하늘에서 별이 떨어지자 신라 사람들은 왕이 반란군에 지고 말 것이라며 몹시 불안해했어요. 이때 신라의 장군 김유신은 불을 붙인 허수아비를 연에 묶어 하늘 높이 띄웠어요. 마치 별이 하늘로 다시 올라가는 것처

별이 하늘로 올라가는 것처럼 보이겠지?

럼 보였지요. 김유신은 떨어졌던 별이 하늘로 다시 올라갔으니 반군에 지는 일은 없다고 말했어요. 이것은 신라군의 사기를 높이는 계기가 되었어요. 반대로 반군의 사기는 크게 떨어지고 말았지요. 김유신은 이를 이용해 곧바로 반군을 공격했고, 큰 승리를 거두게 되었답니다.

이순신 역시 연을 전쟁에 이용했어요. 이때 하늘 높이 올라간 연은 우리 군에게 작전 신호 역할을 했어요. 연을 보고 작전에 따라 전쟁을 치른 것이지요.

연을 전쟁에 이용한 경우는 다른 나라에서도 있었어요. 태국에서는 전쟁이 나면 연에 무서운 동물의 얼굴을 그려 넣어 하늘 높이 띄웠답니다. 무서운 연을 날려 보내 적에게 두려운 마음이 들게 하는 것이지요.

어때요? 연이 우리나라에서도, 다른 나라에서도 수백의 군사보다 더 큰일을 해냈지요?

✏️ 연날리기는 세계인이 즐기는 놀이 중 하나입니다. 사람들이 연날리기를 좋아하는 까닭이 무엇인지 써 보세요.

내가 할래요

옹기에는 어떤 특징이 있을까요?

연과 한지에는 놀라운 과학적 원리가 숨어 있습니다. 이를 통해 우리 문화는 예술성뿐만 아니라 과학적으로도 매우 뛰어난 가치가 있음을 알 수 있지요. 그럼 옹기에는 어떤 과학적 특징이 숨어 있을까요? 다음 보기 를 바탕으로 옹기의 특징을 설명하는 글을 완성해 보세요.

보기
- 옹기는 흙으로 빚어서 만든다.
- 옹기에는 미세한 구멍이 있어 안과 밖으로 공기가 드나들 수 있다.
- 옹기에 있는 미세한 구멍은 음식을 발효시키는 데 큰 도움이 된다.
- 옹기에 유약을 바르면 공기구멍이 막히므로 유약을 바른 후에 솔로 문질러 공기구멍을 남겨야 한다.

확인할 내용	잘함	보통임	부족함
1. 이번 주 학습을 5일(월요일~금요일) 안에 끝마쳤나요?			
2. 연에 숨어 있는 과학 원리를 잘 이해하였나요?			
3. 한지에 숨어 있는 과학 원리를 잘 이해하였나요?			
4. 우리 문화의 우수성에 대해 설명을 잘할 수 있나요?			

우리나라에는 김치, 된장, 간장 등 발효 음식이 많다. 이렇게 발효 음식이 발달한 것은 바로 옹기 덕분이라고 한다. 그 까닭은 무엇일까?

본문

....

....

....

....

....

....

....

맺음말

공기구멍이 있는 옹기는 우리나라의 발효 음식에 가장 알맞은 저장 용기이다. 한마디로 옹기가 우리나라의 음식 문화를 완성시킨 것이라고 할 수 있다.

3주 5일
학습 끝!

붙임 딱지 붙여요.

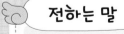
전하는 말

생각톡톡 설명하는 글은 읽는 사람의 이해를 목적으로 무엇을 전달하는 글인지 보기 에서 두 가지를 찾아 쓰세요.

보기 느낌 비판 사실 정보

(   )

관련교과 [국어 5-1] 대상을 설명하는 방법 알아보기, 글 쓰는 과정을 알고 바르게 표현하기
[국어 6-2] 글쓴이의 의도나 목적을 파악하며 글을 읽는 방법 알아보기

설명하는 글은 어떻게 쓸까요?

두리는 학교에서 집으로 돌아가는 길에 짝꿍 지호에게 고민을 털어놓았어요. 선생님이 내일까지 설명하는 글을 한 편씩 써 오라는 숙제를 내 주셨기 때문이에요.

"설명하는 글이 뭔지도 모르는데 어떻게 숙제를 하지? 정말 막막해."

노는 건 무엇이든 자신 있지만 책이라고는 들춰도 안 보니 막막할 수밖에요. 하지만 지호는 공부도 잘하는 데다 독서 대장이기 때문에 문제없어 보였어요.

"아까 선생님께서 설명하는 글이란 읽는 사람의 이해를 목적으로 정보와 사실을 전달하는 글이라고 하셨잖아. 특징과 쓰는 방법도 알려 주셨고. 그대로만 쓰면 되지."

지호는 왠지 자신만만해 보였지만, 두리는 여전히 머릿속이 하얗기만 했어요.

"그럼 경복궁에 대해 설명하는 글을 쓴다면 어떻게 써야 해? 그냥 내가 알고 있는 내용을 다 쓰면 돼? 하지만 어떤 순서로 써야 하는지도 모르겠는걸."

"글쎄, 우선은 경복궁에 대한 정보를 믿을 수 있는 참고 자료에서 찾아서 정리한 다음 차근차근 설명하는 편이 좋겠는걸. 일기나 기행문과는 다르니까 설명하는 글의 특징을 잘 알아야겠지."

역시 독서 대장은 다르지 뭐예요? 두리는 지호의 말에 고개를 끄덕였어요.

설명하는 글이 뭐야?

초등학교

이해력 1. 두리와 지호는 무엇에 대해 이야기를 나누고 있나요? (   )

① 숙제가 많은 것　　　　　　　　② 설명하는 글을 쓰는 방법

③ 숙제가 무엇인지 모르는 것　　　④ 모둠 토론 주제를 정하는 것

⑤ 경복궁에 대해 알고 싶어 하는 것

 분석력 2. 경복궁에 대한 정보를 찾을 때 참고 자료로 알맞지 <u>않은</u> 것은 어느 것인가요?

(   )

① 백과사전　　　② 날씨 정보　　　③ 경복궁 안내 홍보물　　　④ 경복궁 누리집

논술 3. 경복궁에 대해 설명하는 글을 쓰려면 먼저 설명하는 글의 특징을 알아야 합니다. 글을 쓰는 목적을 기준으로 설명하는 글과 기행문의 차이점을 써 보세요.

"설명하는 글의 가장 큰 특징은 정확한 사실만을 써야 한다는 거야. 그리고 주관적인 의견이나 느낌은 빼고, 사실을 객관적인 입장에서 부풀리지 않고 써야 해."

지호는 이렇게 말하며 경복궁에 대해 짤막하게 설명해 놓은 글을 소개했어요.

경복궁은 조선을 세운 태조 이성계가 한성으로 수도를 옮긴 뒤 지은 궁궐이다. 경복궁의 왼쪽에는 종묘가 있으며, 오른쪽에는 *사직단이 있다. 경복궁 안에 있는 건물의 배치를 살펴보면, 국가 행사를 치르거나 왕이 신하들의 조례를 받는 근정전과 왕이 집무를 보는 정전과 편전 등이 앞쪽에 자리 잡고 있다. 뒤쪽에는 왕과 왕비가 지내는 침전과 휴식을 취하는 후원이 있다. 이 경복궁은 1592년 임진왜란 때 거의 불타고 말았다. 줄곧 폐허 상태로 있던 경복궁을 다시 세운 사람은 고종의 아버지 흥선 대원군이다.

"이런 글도 설명하는 글에 해당해. 경복궁에 대한 정보만 실었으니까."

지호는 이 밖에도 우리 주변에 설명하는 글에 해당하는 글이 많다고 했어요. 공연의 안내 책자, 기계 사용 설명서, 음식 만드는 방법이 담긴 요리책 등이 설명하는 글의 예라고 했지요.

＊ **종묘**: 조선 시대에 역대 임금과 왕비의 위패(죽은 사람의 이름을 적어 놓은 나무패)를 모시는 사당.
＊ **사직단**: 임금이 백성을 위하여 토지의 신과 곡식의 신에게 제사를 지내던 제단.

이해력 1. 이 글에서 말한 설명하는 글의 특징 두 가지를 고르세요. (　　　　　)

① 정확한 사실만을 쓴다.

② 주관적인 의견이나 느낌을 쓴다.

③ 누구나 인정하는 내용으로 객관적으로 쓴다.

④ 사실을 그대로 쓰되, 비유적인 표현을 사용하여 쓴다.

⑤ 설명할 대상 외에도 다른 대상에 대한 정보를 풍부하게 쓴다.

추리력 2. 다음 중 경복궁을 설명하는 글에 덧붙일 수 있는 내용으로 알맞지 <u>않은</u> 것은 어느 것인가요? (　　　　　)

① 경복궁의 지리적 위치

② 경복궁의 예술적 가치

③ 경복궁 복원에 대한 찬성 의견

④ 임진왜란 때 경복궁이 파괴된 사연

⑤ 경복궁에 있는 주요 건물에 대한 소개

논술 3. 다음은 휴대 전화를 사용할 때의 주의 사항입니다. 이 글을 통해 글쓴이가 읽는 사람에게 전하려는 내용을 써 보세요.

- 강한 충격을 주지 마세요.
- 물에 젖거나 잠기지 않도록 하세요.
- 찜질방처럼 온도가 높은 곳에 두거나 가열하지 마세요.
- 어린아이나 반려동물이 배터리를 물거나 빨지 않도록 하세요.

"난 설명하는 글이 딱딱하고 어려운 줄 알았는데 쉽게 설명하는 글이라니!"

두리는 이제야 좀 알겠다는 듯이 씩 웃었어요. 지호도 고개를 끄덕이며 말했어요.

"설명하는 글은 이해하기 쉽게 써야 해. 반려동물에 대한 글을 한번 읽어 볼래?"

(가) 현대 사회에서는 인간의 소외감 해소를 위한 반려동물의 역할이 커지고 있습니다. 사회가 개인화
되어 가면서 인간의 소외감은 점점 증가하고 이를 해소하기 위해 반려동물이 가족 구성원이 되는
것입니다. 사람들은 반려동물을 통해 심리적인 위안과 안정을 얻습니다.

(나) 요즘에는 반려동물을 키우는 집이 많습니다. 가족의 수가 줄고 혼자 사는 사람들이 늘어나면서 동
물을 가족처럼 여기는 것입니다. 많은 사람이 반려동물과 살면서 외로움을 덜어 내고 마음의 안정
을 찾으며 위로를 받습니다.

"글 (가)는 우리가 읽기에는 좀 어렵고, 글 (나)는 이해하기가 쉬워. 낱말도 쉽고, 문장도
간결하잖아."

지호는 두 가지 설명하는 글의 차이점을 두리에게 말해 주었어요.

※ **반려동물**: 사람이 정서적으로 의지하고자 가까이 두고 기르는 동물로 개, 고양이 등이 있음.

이해력 1. 글 (가)보다 글 (나)가 쉽게 읽히는 까닭 두 가지를 고르세요. (　　　　　)

① 낱말이 쉽다.　　　　　　　　　　② 표현이 아름답다.

③ 문장이 간결하다.　　　　　　　　④ 내용이 전문적이다.

⑤ 한자어를 많이 사용하였다.

분석력 2. 글 (가)와 글 (나)에 쓰인 낱말 중 어려운 낱말을 쉬운 말로 잘 고친 것은 어느 것인가요? (　　　　)

① 개인화 → 가족　　　　　　　　　② 소외감 → 위로

③ 해소 → 외로움　　　　　　　　　④ 인간 → 반려동물

⑤ 증가하고 → 늘어나면서

논술 3. 다음은 약을 먹을 때의 주의 사항입니다. 밑줄 그은 어려운 말을 보기 의 쉬운 말로 고치고 문장을 간결하게 바꾸어서 여러 문장으로 써 보세요.

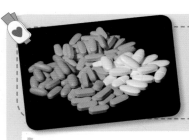 이 약은 다른 약이나 술과 병용하면 몸에 이상이 생길 수 있으므로 단독 투여하는 것이 바람직하나, 부득이하게 다른 약과 병용해야 할 경우에는 의사와 상의하세요.

4주 1일
학습 끝!

붙임 딱지 붙여요.

보기 함께 먹음, 어쩔 수 없이, 이 약만 먹음

113

"어떻게 쓰는지 대강 알 것 같아."

두리는 자신 있게 말하며 지호와 함께 집으로 갔어요. 집에 도착한 두리는 어제 마술책에서 본 '종이 고리 마술'이라는 주제로 설명하는 글을 뚝딱 써냈어요.

종이 고리 마술은 어떻게 할까? 먼저 가로 4센티미터, 세로 30센티미터 길이의 종이를 준비한다. 종이를 한 번 비틀어서 동그랗게 만든 다음 종이의 양쪽 끝을 풀로 붙인다. 그러면 한 번 비틀어진 둥근 종이 고리가 완성된다. 가위로 종이 고리의 가운데를 세로 방향으로 잘라 시작점까지 돌아오면 한 개의 큰 고리가 만들어진다.

이처럼 종이 고리 마술은 뫼비우스의 띠의 원리를 이용하여 여러 개의 고리를 만드는 것이다. 이 마술은 간단하여 누구나 따라 할 수 있다. 가위로 큰 고리의 가운데를 세로 방향으로 잘라 시작점까지 돌아오면 두 개의 고리가 생긴다. 또 두 고리 중 한 고리의 가운데를 세로 방향으로 자르면 하나의 고리가 더 만들어진다. 이런 방법으로 고리의 수를 계속 늘려 갈 수 있다. 종이, 가위, 풀만 있으면 간단히 할 수 있는 마술이 있다. 바로 종이 고리 마술이다.

두리가 쓴 설명하는 글을 읽고 지호는 난처한 표정을 지었어요.
"글이 뒤죽박죽이라 이해하기 힘들어. 좀 정리해야겠어."

* **뫼비우스의 띠**: 좁고 긴 직사각형 종이를 한 번 꼬아서 끝을 붙인 고리 모양의 띠.

이해력 1. 뫼비우스의 띠를 이용해 종이 고리 마술을 하는 과정입니다. 큰 고리를 만드는 순서대로 (   ) 안에 번호를 쓰세요.

한 개의 큰 고리 완성하기 ( )	비튼 종이의 양쪽 끝을 풀로 붙이기 ( )	종이를 한 번 비틀기 ( )	고리의 가운데를 세로 방향으로 자르기 ( )

추리력 2. 다음 중 뫼비우스의 띠의 원리로 알맞지 <u>않은</u> 것은 어느 것인가요? (   )

① 안과 밖의 구분이 없다.

② 띠의 중심을 따라 두 바퀴를 돌면 처음 출발한 지점으로 온다.

③ 어느 지점에서나 띠의 중심을 따라 이동하면 출발한 면과 정반대인 면으로 간다.

④ 한 번 꼬인 뫼비우스의 띠의 가운데를 세로 방향으로 자르면 하나의 큰 고리가 만들어진다.

⑤ ④에서 만들어진 큰 고리의 가운데를 세로 방향으로 자르면 처음보다 더 큰 고리가 만들어진다.

▲ 뫼비우스의 띠

 논술 3. 뒤죽박죽으로 쓴 두리의 글을 어떻게 정리하면 좋을지 빈칸을 채워 보세요.

구분	중심 내용
머리말	설명할 대상이 종이 고리 마술임을 밝히는 내용
본문	(1)
맺음말	(2)

115

"설명하는 글을 쓰려면 머리말, 본문, 맺음말의 구성을 잘 짜야 해. 머리말에서는 설명할 대상이나 글을 쓰는 까닭 등을 밝히고, 본문에서는 여러 가지 설명 방법을 통해 구체적으로 설명해야 해. 맺음말에서는 설명한 내용을 간단히 요약하고 마무리해야 하고. 자, 내가 고칠 테니 두리 네가 쓴 글이랑 잘 비교해 봐."

지호는 종이 고리 마술에 대한 두리의 글을 머리말, 본문, 맺음말의 순서로 고쳐서 보여 주었어요.

종이, 가위, 풀만 있으면 간단히 할 수 있는 마술이 있다. 바로 종이 고리 마술이다.

종이 고리 마술은 어떻게 할까? 먼저 가로 4센티미터, 세로 30센티미터 길이의 종이를 준비한다. 종이를 한 번 비틀어서 동그랗게 만든 다음 종이의 양쪽 끝을 풀로 붙인다. 그러면 한 번 비틀어진 둥근 종이 고리가 완성된다. 가위로 종이 고리의 가운데를 세로 방향으로 잘라 시작점까지 돌아오면 한 개의 큰 고리가 만들어진다. 다시 가위로 큰 고리의 가운데를 세로 방향으로 잘라 시작점까지 돌아오면 두 개의 고리가 생긴다. 또 두 개의 고리 중 한 고리의 가운데를 세로 방향으로 자르면 하나의 고리가 더 만들어진다.

이처럼 종이 고리 마술은 뫼비우스의 띠의 원리를 이용하여 여러 개의 고리를 만드는 것이다. 이 마술은 간단하여 누구나 따라 할 수 있다.

🐰 이해력 1. 설명하는 글의 구성으로 알맞은 것 두 가지를 고르세요. (   )

① 본문은 한 가지 설명 방법으로 써야 한다.
② 머리말, 본문, 맺음말의 순서에 맞게 써야 한다.
③ 맺음말은 본문의 내용을 요약하고 마무리해야 한다.
④ 설명하는 글은 다른 사람이 반드시 고쳐 주어야 한다.
⑤ 머리말에는 글을 쓰는 사람에 대한 소개를 써야 한다.

🐰 추리력 2. 종이 고리 마술에 대해 더 자세히 설명하는 글을 쓸 때 추가할 내용으로 알맞은 것은 무엇인가요? (   )

① 종이 고리 마술을 하는 나이   ② 종이 고리 마술을 해 본 소감
③ 종이 고리 마술을 하는 장소   ④ 종이 고리 마술을 실패한 사람들 소개
⑤ 종이 고리 마술을 응용할 수 있는 예

🐰 논술 3. 큐브 퍼즐에 대해 '머리말, 본문, 맺음말'의 순서로 설명하는 글을 쓰려고 합니다. 본문에 들어갈 내용을 빈칸에 채워 보세요.

여러 개의 정육면체가 모여서 하나의 큰 정육면체를 이루고 있는 큐브를 이용한 게임이 있다. 바로 큐브 퍼즐이다.
큐브 퍼즐은 어떻게 하는 게임일까? 큐브는 큰 정육면체의 한 면이 아홉 개의 작은 정육면체로 이루어진 것이다. 작은 정육면체의 각 면은 서로 다른 색이다. 큐브 퍼즐은 작은 정육면체들을 이리저리 돌려 큰 정육면체의 각 면을 한 색깔로 맞추는 것이다.

이러한 큐브 퍼즐은 어떤 장점이 있을까?

이처럼 큐브 퍼즐은 두뇌 운동에 좋고, 간단한 요령만 익히면 남녀노소 누구나 즐길 수 있는 게임이다. 그래서 세월이 흘러도 많은 사람의 사랑을 꾸준히 받고 있는 것이다.

지호를 배웅하고 돌아온 두리는 공책을 펴고 무엇을 설명하는 글로 쓸지 고민했어요. 마침 책꽂이에 꽂힌 그림책이 눈에 띄었어요. 치타에 대한 이야기였지요. 두리는 치타를 글감*으로 정하고, 치타에 대해 자신이 아는 것과 자료를 조사하여 정리했어요.

㉠ 치타는 고양잇과의 포유류 동물이며 몸길이는 약 1.5미터이다.

㉡ 치타는 몸의 무늬 덕분에 눈에 띄지 않게 먹잇감에 가까이 다가갈 수 있다.

㉢ 치타의 최고 달리기 속도는 시속 110킬로미터 정도이지만, 이 속도를 계속 유지하면서 긴 거리를 뛰지는 못한다.

㉣ 치타는 주로 초원에서 서식하며 육식보다는 채식을 한다.

㉤ 치타는 포유류 중에서 단거리를 가장 빨리 달릴 수 있다.

㉥ 치타는 먹이에 조심스럽게 접근한 뒤 빠른 속도로 달려 나가 먹이를 사냥한다.

㉦ 치타는 잘 달릴 수 있도록 몸이 가늘고 길며 네 다리가 긴 편이다.

㉧ 치타는 돌고래보다 머리가 나쁠 것이다.

㉨ 치타는 먹이를 사냥할 때 긴 꼬리를 이용하여 방향을 바꾼다.

㉩ 치타의 꼬리를 한번 만져 보고 싶다.

㉪ 눈 주위의 검은 부분이 햇빛의 반사를 막아 사냥을 잘할 수 있도록 도와준다.

＊ **글감**: 글의 내용이 되는 재료.

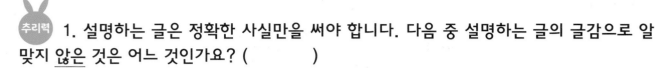

추리력 1. 설명하는 글은 정확한 사실만을 써야 합니다. 다음 중 설명하는 글의 글감으로 알맞지 <u>않은</u> 것은 어느 것인가요? (   )

① 연어의 특징   ② 식물의 종류   ③ 나비의 한살이

④ 우리나라의 명절   ⑤ 문화재를 본 소감

분석력 2. 두리는 치타에 대해 설명하는 글을 쓰려고 합니다. 이 글의 ㉠~㉣ 중 설명하는 글에 알맞지 <u>않은</u> 자료를 고르고, 그 까닭을 함께 써 보세요.

알맞지 않은 자료	까닭
㉣	틀린 정보이기 때문이다.(치타는 육식 동물이다.)
(1)	
(2)	

논술 3. 두리는 '먹이를 사냥하기에 좋은 치타의 몸 구조'를 주제로 설명하는 글을 쓰려고 합니다. ㉠~㉣ 중 주제와 관련된 것을 고르고, 그 내용을 바탕으로 본문을 써 보세요.

(1) **주제와 관련된 자료 :**

(2) **본문:** 치타는 잘 달릴 수 있도록 몸이 가늘고 길며 네 다리가 긴 편이다. 그래서 포유류 중에서 단거리를 가장 빨리 달릴 수 있다. 치타의 최고 달리기 속도는 시속 110킬로미터 정도이다. 하지만 이 속도를 계속 유지하면서 긴 거리를 뛰지는 못한다. 그래서 먹이에 조심스럽게 접근한 뒤 빠른 속도로 달려 나가 먹이를 사냥한다.
이 외에도

4주 2일
학습 끝!

붙임 딱지 붙여요.

두리는 설명하는 글의 주제를 정하고 글감도 풍성하게 모았어요.

"헤헤, 이제 본격적으로 한번 써 볼까?"

두리는 다양한 설명 방법을 이용해 내용을 좀 더 구체적으로 써 보기로 했어요.

치타와 표범 같은 고양잇과 동물은 잘 달릴 수 있도록 몸이 가늘고 길며 네 다리가 긴 편이다. 이 중에서 치타는 포유류 중 단거리를 가장 빨리 달릴 수 있다. 치타의 최고 달리기 속도는 시속 110킬로미터 정도이다. 하지만 이 속도를 계속 유지하면서 긴 거리를 뛰지는 못한다. 그래서 먹이에 조심스럽게 접근한 뒤 빠른 속도로 달려 나가 먹이를 사냥한다.

사냥에 유리한 것은 날렵한 몸과 긴 다리 외에도 더 있다. 넓은 초원에서 먹잇감을 정한 뒤에는 몸의 점무늬가 제 역할을 톡톡히 한다. 초식 동물의 몸 무늬는 몸을 숨기는 데 유리하지만, 치타와 같은 육식 동물의 몸 무늬는 먹잇감의 눈에 띄지 않으면서 먹잇감에 가까이 접근하는 데 유리하다.

또 치타는 먹잇감을 쫓을 때 긴 꼬리를 이용하여 방향을 쉽게 바꿀 수 있기 때문에 먹잇감을 빠르게 추격할 수 있다. 게다가 치타의 눈 주위에 있는 검은 부분이 햇빛의 반사를 막아 주므로 먹이를 놓치지 않고 사냥할 수 있도록 도와준다.

﹡ **본격적**: 제 궤도에 올라 제격에 맞게 적극적인.

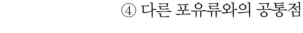

이해력 1. 두리가 치타에 대해 설명한 글의 내용이 <u>아닌</u> 것은 어느 것인가요? (　　　　)

① 눈의 특징　　　　　　　　　　② 꼬리의 역할

③ 달리기 속도　　　　　　　　　④ 다른 포유류와의 공통점

⑤ 몸에 있는 점무늬의 역할

분석력 2. 다음 문장에 쓰인 알맞은 설명 방법을 찾아 줄로 이으세요.

(1)
> 치타와 표범 같은 고양잇과 동물은 잘 달릴 수 있도록 몸이 가늘고 길며 네 다리가 긴 편이다.

•　　　•　　　㉠ 대조: 두 대상의 차이점을 중심으로 설명하는 방법

(2)
> 초식 동물의 몸 무늬는 몸을 숨기는 데 유리하지만, 치타와 같은 육식 동물의 몸 무늬는 먹잇감에 가까이 접근하는 데 유리하다.

•　　　•　　　㉡ 비교: 두 대상의 공통점을 중심으로 설명하는 방법

논술 3. 다음 두 종류의 개에 대한 자료를 바탕으로 두 개의 공통점과 차이점을 설명하는 글을 써 보세요.

천연기념물 제368호. 털이 길다. 특히 머리 부분의 털이 눈을 덮고 있는 것이 특징이다. 귀는 늘어져 있다.
▲ 삽살개

천연기념물 제53호. 털이 길지 않으며 귀가 뾰족하게 서 있는 것이 특징이다.
▲ 진돗개

몸집이 큰 고양잇과 동물

몸집이 작은 고양잇과 동물

치타

호랑이

사자

살쾡이

집고양이

"이렇게만 쓰기에는 좀 아쉬운걸. 다른 설명 방법도 써 보면 좋을 텐데……."

두리는 설명 방법에는 분류와 분석도 있다는 걸 알았어요. '분류'는 어떤 대상을 일정한 기준에 따라 나누거나 묶는 방법이에요. 그리고 '분석'은 어떤 대상을 이루고 있는 구성 요소들을 각각 나누어서 설명하는 방법이지요.

치타는 고양잇과 육식 동물이다. 고양잇과 육식 동물은 몸집이 큰 것과 작은 것으로 분류할 수 있다. 몸집이 큰 고양잇과 동물에는 사자, 호랑이, 표범 등이 있고, 몸집이 작은 고양잇과 동물에는 집고양이, 살쾡이 등이 있다. 이 고양잇과 육식 동물은 육식을 하기에 알맞도록 부드러운 근육과 날카로운 이빨과 발톱을 가지고 있다.

치타의 입속은 이빨과 혀로 이루어져 있다. 이빨은 송곳니와 어금니로 이루어져 있는데, 날카로운 송곳니로는 먹잇감을 찌르고 고정하며, 평평한 어금니로는 먹잇감을 자른다. 혀는 끝부분에 날카로운 가시 다발이 있는데, 이 가시 다발은 먹잇감의 액체를 빨아들이거나 털을 손질하는 데 사용된다.

분석력 1. 다음 문장에 쓰인 알맞은 설명 방법을 찾아 줄로 이으세요.

(1)
> 이빨은 송곳니와 어금니로 이루어져 있는데, 날카로운 송곳니로는 먹잇감을 찌르고 고정하며, 평평한 어금니로는 먹잇감을 자른다.

• •

> ㉠ 분류: 설명할 대상을 일정한 기준에 따라 나누거나 묶어 설명하는 방법

(2)
> 고양잇과 육식 동물은 몸집이 큰 것과 작은 것으로 분류할 수 있다. 몸집이 큰 고양잇과 동물에는 사자, 호랑이, 표범 등이 있고, 몸집이 작은 고양잇과 동물에는 집고양이, 살쾡이 등이 있다.

• •

> ㉡ 분석: 설명할 대상을 이루고 있는 구성 요소들을 각각 나누어 설명하는 방법

 추리력 2. 두리가 쓴 글의 이해를 돕는 데 필요한 자료가 <u>아닌</u> 것은 무엇인가요? (   )

① 치타의 송곳니와 어금니 그림　　　② 고양잇과 동물의 크기를 정리한 표
③ 이빨과 혀로 이루어진 치타의 입속 사진　④ 치타의 먹잇감을 크기별로 구분한 표
⑤ 고양잇과 동물의 몸집을 비교할 수 있는 사진

 논술 3. 다음 개미의 종류를 분류의 방법으로 설명하는 글을 써 보세요.

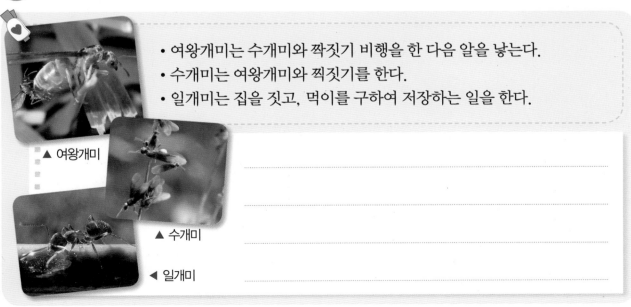

> • 여왕개미는 수개미와 짝짓기 비행을 한 다음 알을 낳는다.
> • 수개미는 여왕개미와 찍짓기를 한다.
> • 일개미는 집을 짓고, 먹이를 구하여 저장하는 일을 한다.

▲ 여왕개미

▲ 수개미

◀ 일개미

자료 조사를 하면서 글감을 모으고 설명 방법까지 다 정했으니 이제 본격적으로 설명하는 글을 쓰는 일만 남았어요. 두리가 연필을 뱅글뱅글 돌리며 구성을 짜고 있는데, 지호에게서 전화가 왔어요.

"두리야, 설명하는 글은 다 썼어? 나는 이제 막 끝냈어."

"벌써 다 썼어? 역시 김지호네. 나는 이제 막 쓰려던 참이야. 주제도 한참 걸려 정하고, 글 감을 모으는 데도 백과사전을 뒤지느라 시간이 많이 걸렸거든."

두리의 말에 지호는 약간 호기심을 보였어요.

"주제가 뭐야? 구성은 짰어?"

"주제는 '먹이를 사냥하기에 좋은 치타의 몸 구조'야. 머리말에서는 치타가 어떤 동물이고 치타의 특징 중 무엇을 집중적으로 설명할지 밝힐 거야. 본문에서는 비교와 분석의 방법 으로 치타가 자신의 몸을 이용하여 어떻게 사냥하는지 설명할 거야. 물론 맺음말에서는 본문에서 설명한 내용을 간단히 요약하고 글을 마무리하면 되겠지?"

두리는 공책을 보며 차근차근 지호에게 말했어요.

지호는 일기도에 대한 글을 쓸 것이라고 했어요. 두리와 지호는 설명하는 글을 멋지게 써 서 다음 날 서로 보여 주기로 약속했답니다.

※ **일기도**: 일정 시각에 어떤 지방의 기압·날씨·바람 등을 기호로 써서 지도 위에 나타낸 것.

1. 이 글에서처럼 설명하는 글을 쓰기 전에 쓸 내용과 구성을 미리 짜면 좋은 점은 무엇인가요? (   )

① 글이 뒤죽박죽된다.   ② 글을 길게 쓸 수 있다.

③ 내용을 짧게 쓸 수 있다.   ④ 감정을 충분히 표현할 수 있다.

⑤ 쓰려는 내용을 빠뜨리지 않고 쓸 수 있다.

 2. 다음 중 두리가 쓰려고 하는 글의 내용으로 알맞지 않은 것은 무엇인가요?

(   )

① 치타는 먹이에 조심스럽게 접근한 뒤 빠르게 달려 나가 먹이를 덮친다.

② 치타는 몸 무늬 덕분에 눈에 띄지 않고 먹잇감에 가까이 다가갈 수 있다.

③ 치타는 먹이를 사냥할 때 긴 꼬리를 이용하여 빠르게 방향을 바꿀 수 있다.

④ 초원에 사는 가젤은 매우 빨리 달릴 수 있으며 보통 10~30마리가 무리 지어 생활한다.

⑤ 치타는 날카로운 송곳니로는 먹잇감을 찌르고 고정하며, 평평한 어금니로는 먹잇감을 자른다.

 3. 이 글의 내용을 바탕으로 두리가 쓰려고 하는 글의 머리말을 써 보세요.

4주 3일
학습 끝!

붙임 딱지 붙여요.

125

두리는 미리 짜 둔 글의 구성에 따라 설명하는 글을 쓰기 시작했어요. 지금까지 공부한 설명하는 글의 특징과 설명의 방법들을 모두 떠올리며 집중해서 썼어요.

치타는 몸길이가 약 1.5미터에 이르는 고양잇과의 포유류 동물이다. 치타는 사냥하기에 좋은 몸의 구조를 이용하여 먹잇감을 잡는다. 그렇다면 치타의 몸 구조에 대해서 자세히 알아보자.

치타와 표범 같은 고양잇과 동물은 몸이 가늘고 길며 네 다리가 긴 편이다. 이 중에서 치타는 포유류 중 단거리를 가장 빨리 달릴 수 있는 동물이다. 치타의 최고 달리기 속도는 시속 110킬로미터 정도이지만 이 속도를 유지하면서 긴 거리를 뛰지는 못한다. 그래서 먹이에 조심스럽게 접근한 뒤 빠른 속도로 달려 나가 사냥한다.

치타는 몸의 무늬 덕분에 먹잇감의 눈에 띄지 않고 가까이 접근할 수 있다. 먹잇감을 쫓을 때에는 긴 꼬리를 이용하여 방향을 쉽게 바꾸기 때문에 빠르게 추격할 수 있다. 게다가 눈 주위의 검은 부분이 햇빛의 반사를 막아 주므로 먹이를 놓치지 않고 사냥할 수 있다.

사냥한 먹이를 먹는 치타의 입속은 이빨과 혀로 이루어져 있다. 이빨은 송곳니와 어금니로 이루어져 있는데, 날카로운 송곳니로는 먹잇감을 찌르고 고정하며, 평평한 어금니로는 먹잇감을 자른다. 혀는 끝부위에 날카로운 가시 다발이 있는데, 이 가시 다발은 먹잇감의 피를 빨아들이거나 털을 손질하는 데 사용된다.

 1. 다음 중 설명하는 글을 읽을 때에 주의할 점으로 알맞은 것 두 가지를 고르세요.

(   )

① 마음에 드는 부분만 골라서 읽는다.

② 내 경험과 관련 있는지 생각하며 읽는다.

③ 중요한 내용이 무엇인지 정리하며 읽는다.

④ 글쓴이의 의견과 자신의 의견이 맞는지 생각하며 읽는다.

⑤ 중심이 될 만한 중요한 낱말이 있으면 따로 기록을 해 둔다.

 2. 포유류 동물에 대하여 설명하는 글을 쓸 때 알맞은 설명 방법은 어느 것인가요?

(   )

① 포유류 동물의 특성을 다른 대상에 빗대어 표현한다.

② 포유류 동물과 관련된 사건을 육하원칙에 맞게 쓴다.

③ 포유류 동물의 특성이나 종류 등을 객관적으로 표현한다.

④ 포유류 동물에 대한 자신의 생각이나 느낌을 실감 나게 표현한다.

⑤ 포유류 동물과 관련된 자신의 주장을 타당한 근거를 들어서 뒷받침한다.

 3. 이 글의 내용을 바탕으로 두리가 어떤 맺음말을 썼을지 생각하여 간단하게 써 보세요.

다음 날, 두리는 자신만만하게 교실로 들어섰어요. 짝꿍 지호는 벌써 와 있었어요. 지호는 자신이 쓴 설명하는 글을 다시 처음부터 읽으며 글다듬기[*]를 하는 중이었어요. 준비된 자료가 잘 쓰여졌는지, 이상한 문장은 없는지, 띄어쓰기나 맞춤법은 틀리지 않았는지 살펴보는 단계였지요. 두리도 지호의 글을 읽어 보았어요.

날씨를 보여 주는 일기도

일기도는 어떤 지역에서 일정한 시각의 날씨 상태를 숫자, 기호 등을 사용하여 나타낸 지도입니다. 이 숫자나 기호 등을 해석할 수 있다면 날씨를 읽을 수 있습니다.

일기도에 그려진 곡선은 등압선입니다. 등압선은 기압이 서로 같은 지점끼리 연결한 선인데, 서로 교차하거나 둘로 갈라지지 않으며 끊어지지도 않습니다. 등압선의 간격이 좁으면 강한 바람이 불고, 간격이 넓으면 약한 바람이 붑니다. 일기도에 있는 '고'는 고기압을 나타냅니다. 이것은 주위보다 기압이 높다는 의미인데, 대체로 그 지역은 날씨가 맑습니다. 반대로 '저'는 저기압입니다. 이것은 주위보다 기압이 낮음을 의미하는데, 대체로 그 지역은 날씨가 흐립니다. 이 밖에도 강수량, 구름의 양, 태풍이 나아가는 방향, 바람의 세기 등 특정한 날씨 상황에 따라 여러 종류의 일기도를 만들 수 있습니다.

<u>이처럼 일기도는 수자와 기호 등을 통해 각 지역의 날씨를 알아봅니다. 따라서 사람들은 일기도를 통해 날씨를 예방하며 생활할 수 있습니다.</u>

---

[*] **글다듬기**: 쓴 글을 짜임새 있게 고쳐 쓰는 일.

1. 지호는 글을 다 쓴 후에 글다듬기를 하였습니다. 글다듬기를 하면 좋은 점이 <u>아닌</u> 것은 어느 것인가요? (   )

① 빠진 내용을 보충할 수 있다.　　　② 어색한 문장을 고칠 수 있다.

③ 전체 글의 짜임을 다시 짤 수 있다.　　④ 맞춤법이 틀린 낱말을 고칠 수 있다.

⑤ 주제에서 벗어난 내용을 고칠 수 있다.

 2. 다음 일기도를 보고 바르게 해석한 것은 어느 것인가요? (   )

① 일본의 동쪽에 있는 태평양에서 강한 바람이
불고 있다.

② 우리나라는 전반적으로 고기압이 발달되어
있으므로 날씨가 흐리다.

③ 우리나라 황해 부근에서 고기압이 올라오는
것으로 보아 날씨가 곧 흐려질 것이다.

④ 우리나라의 남부 지방은 등압선 간격이 넓은
것으로 보아 그 지역에 강한 바람이 분다.

⑤ 중국은 저기압이 발달되어 있어서 날씨는 흐
리지만 등압선의 간격이 넓으므로 약한 바람이 분다.

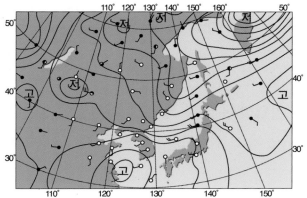

3. 이 글에서 밑줄 그은 맺음말 부분을 다음 사항을 반영하여 알맞게 고쳐 써 보세요.

- 본문의 내용을 잘 요약하지 못한 부분을 고칠 것
- 맞춤법이 틀린 낱말을 고칠 것
- 문맥에 어울리지 않는 말을 고칠 것

설명하는 글을 쓰는 데 자신감이 붙은 두리는 아침에 엄마가 챙겨 준 약봉지를 가방에서 꺼냈어요. 약 설명서를 설명하는 글로 한번 바꿔 써 볼 생각이었어요.

(가) 어린이 소화제 ○○○

효능: 소화 불량, 식욕 감퇴, 변비, 복부 팽만감 등

보관: 실온(1~30℃) 보관

*복용량:

나이	1회 복용량
5~7세	3.5밀리리터(mL)
8~10세	5.0밀리리터(mL)
11~14세	6.0밀리리터(mL)

(나) 어린이 소화제 ○○○ 복용 방법

어린이 소화제는 어린이들이 식욕이 없거나 변비에 걸렸을 때, 속이 더부룩할 때 먹으면 효과가 있습니다. 소화제는 나이에 따라 먹는 양이 다릅니다. 5~7세는 한 번에 3.5밀리리터를, 8~10세는 5밀리리터를, 11~14세는 6밀리리터를 먹습니다. 소화제는 약통에 넣어 1~30℃의 실온에 보관합니다.

＊ 복용량: 먹어야 하는 약의 양.

1. 이 설명서를 읽고 알 수 있는 내용은 어느 것인가요? (   )

① 소화제는 냉장고에 보관해야 한다.

② 소화제는 소화가 잘될 때 먹는 약이다.

③ 소화제는 체중에 따라 먹는 양이 다르다.

④ 나이가 적을수록 소화제를 먹는 양이 많다.

⑤ 변비에 걸리거나 속이 더부룩할 때 소화제를 먹으면 효과가 있다.

 2. 이 설명서를 읽고 내용을 바르게 말한 친구는 누구인가요? (   )

① 나는 13세니까 6밀리리터를 먹어야겠어.

② 소화제를 많이 먹으면 소화가 더 잘될 거야.

③ 나는 키가 작으니까 소화제를 적게 먹어야 해.

④ 나는 속이 더부룩하니까 소화제를 먹지 않을래.

3. 두리는 글 (가)의 내용을 바탕으로 글 (나)와 같은 '본문'을 썼습니다. 글 (나)의 본문과 잘 이어지도록 '머리말'과 '맺음말'을 써넣어 설명하는 글을 완성해 보세요.

(1)

그렇다면 어린이 소화제는 언제, 어떻게 먹어야 효과가 있고, 어떻게 보관해야 할까요? 어린이 소화제는 어린이가 식욕이 없거나 변비에 걸렸을 때, 또 속이 더부룩할 때 먹으면 효과가 있습니다. 이 약은 나이에 따라 먹는 양이 다릅니다. 5~7세는 한 번에 3.5밀리리터를, 8~10세는 5밀리리터를, 11~14세는 6밀리리터를 먹습니다. 이 약은 약통에 넣어 1~30℃의 실온에 보관해야 합니다.

(2)

4주 4일
학습 끝!

붙임 딱지 붙여요.

✏️ 다음은 문화재를 본 사람들이 주고받은 이야기입니다. 잘 읽고 물음에 답하세요.

▲ 백제 금동 대향로

 어머, 정말 멋지다! 이게 백제 시대에 만들어진 향로야?

 그래, 이렇게 멋지니까 우리나라 국보잖아. 국보 제287호야.

 부여의 능산리 절터에서 발견된 향로야. 금동으로 크고 화려하게 만들어 당시의 뛰어난 금속 공예 기술을 보여 주고 있어.

 백제의 문화가 얼마나 아름다운지 알 수 있는 작품이야.

 아빠, 향로는 언제 쓰는 거예요?

 옛날에는 나쁜 냄새와 나쁜 기운을 없앨 때 향을 피웠단다.

 아하, 그래서 향로 뚜껑에 12개의 구멍이 있는 거군요. 향의 연기를 내보내려고 뚫은 게 맞죠?

▎사람들의 대화를 통해 얻을 수 있는 내용을 바탕으로 빈칸에 들어갈 알맞은 내용을 써 보세요.

(1) 설명할 대상은 무엇인가요?	
(2) 언제 만들어졌나요?	
(3) 어디에서 발견되었나요?	
(4) 알 수 있는 사실은 무엇인가요?	
(5) 무엇에 쓰는 물건인가요?	
(6) 모양에는 어떤 특징이 있나요?	

2 1번의 내용을 바탕으로 '백제 금동 대향로의 아름다움'을 주제로 설명하는 글을 쓰려고 합니다. 더 필요한 내용을 다음 보기 에서 모두 골라 기호를 쓰세요.

보기
㉠ 연꽃의 중앙이 아래위로 분리되어 향로의 몸체와 뚜껑을 이룬다.
㉡ 맨 위쪽에는 봉황이 있고, 그 밑에 신선이 사는 산과 5명의 악사가 있다.
㉢ 백제는 660년 의자왕 때 나당 연합군에게 패하여 멸망하였다.
㉣ 뚜껑에는 16명의 인물상과 39마리의 동물이 있고, 몸체에도 26마리의 동물이 조각되어 있다.
㉤ 몸체 아래에는 승천하려는 용이 연꽃을 입으로 받치고 있다.
㉥ 백제는 중국과 일본 등과 좋은 관계를 유지하였다.

(   )

3 2번에서 고른 자료를 바탕으로 '머리말-본문-맺음말'에 각각 어떤 내용을 넣으면 좋을지 생각한 다음, 그 내용에 맞게 설명하는 글을 써 보세요.

구분	주요 내용	설명하는 글
머리말	설명 대상이나 문제 등을 제시하고 설명 방법, 글을 쓰는 까닭을 밝힌다.	(1)
본문	여러 가지 자료나 증거를 제시하여 자세히 설명하고, 어울리는 설명 방법을 사용해 대상을 구체적으로 설명한다.	우리나라 국보 제287호인 백제 금동 대향로는 부여의 능산리 절터에서 발견되었다. 금동으로 화려하게 조각된 이 향로는 집 안의 나쁜 냄새와 나쁜 기운을 없앨 때 사용하던 것으로, 뚜껑에 연기를 내보내려고 뚫은 12개의 구멍이 있다. (2)
맺음말	설명한 내용을 간단히 요약하고 마무리한다.	(3)

궁금해요

설명하는 글이란 무엇일까요?

설명하는 글은 어떤 지식이나 사실을 읽는 사람이 알기 쉽게 풀어서 설명한 글이에요. 오늘날 물건 사용 설명서, 약품 설명서, 유물 설명서, 유적 안내서 등 넓은 범위로 쓰이는 설명하는 글에 대해 좀 더 알아볼까요?

설명하는 글은 어떤 특성이 있을까요?

① 정확한 사실을 바탕으로 써야 해요.

② 주관적인 의견이나 느낌은 쓰지 말아야 해요. 사실을 객관적으로 과장하지 않고 써야 해요.

③ 복잡한 문장보다는 간결한 문장으로 써야 해요.

④ 설명할 내용을 '머리말, 본문, 맺음말'로 구성해서 써야 해요.

⑤ 뜻이 명확한 용어를 사용해야 해요. 정확하지 않은 표현이나 사투리를 사용하면 읽는 사람이 이해하기 어렵기 때문이에요.

설명하는 글의 구성

① 머리말: 글의 처음 부분이에요. 설명하고자 하는 어떤 사물이나 문제 등을 제시하고, 설명 방법, 글을 쓰는 까닭 등을 밝혀요.

② 본문: 글의 중심 부분이에요. 여러 가지 필요한 자료나 증거를 제시하여 자세하게 설명해요. 어울리는 설명 방법을 사용해 대상을 구체적으로 설명해요.

③ 맺음말: 글의 끝부분이에요. 설명한 내용을 간단히 요약하고 마무리해요.

설명하는 글과 주장하는 글의 차이점

① 설명하는 글은 사실에 대한 설명이므로 주장하는 글처럼 읽는 사람을 설득시킬 필요가 없어요.

② 설명하는 글은 어떤 대상에 대한 내용이 객관적인 사실을 바탕으로 잘 설명되어야 하고, 주장하는 글은 글쓴이의 주장이 잘 나타나야 해요.

③ 설명하는 글은 객관적인 자료가 풍부할수록 쉽게 쓸 수 있으며, 주장하는 글은 주장을 뒷받침할 만한 근거가 충분할수록 잘 쓸 수 있어요.

설명 방법에는 어떤 것이 있을까요?

① 정의: 어떤 대상의 뜻을 밝히는 방법으로, '무엇은 무엇이다'로 설명하는 방법

예 시장은 여러 가지 상품을 사고파는 일정한 장소이다.

② 예시: 구체적인 예를 들어 설명하는 방법

예 재래시장에서 사고파는 물건에는 채소, 생선, 생활용품 등이 있다.

③ 비교: 둘 이상의 대상을 견주어 공통점을 중심으로 설명하는 방법

예 재래시장과 백화점은 여러 가지 종류의 상품이 한곳에 밀집되어 있다는 특징이 있다.

④ 대조: 둘 이상의 대상을 견주어 차이점을 중심으로 설명하는 방법

예 재래시장은 가격을 흥정할 수 있지만, 백화점은 표준 가격이 제시되어 있어 가격을 흥정할 수 없다.

⑤ 분류: 대상을 일정한 기준에 따라 나누거나 묶어 설명하는 방법

예 시장은 판매하는 물건에 따라 농산물 시장, 수산물 시장, 가구 시장, 청과물 시장, 가전제품 시장 등으로 나눌 수 있다.

⑥ 분석: 대상을 구성 요소별로 나누어 설명하는 방법

예 시계는 태엽, 톱니바퀴, 시침, 분침 등으로 이루어져 있다. 태엽은 시계가 움직이도록 동력을 공급하고, 톱니바퀴는 시침과 분침으로 동력을 전달한다. 또 시침은 시 단위의 시각을, 분침은 분 단위의 시각을 가리킨다.

설명하는 글은 어떤 순서로 쓸까요?

① 무엇을 설명할지 설명하는 글의 대상과 주제를 정해요.

② 주제에 관련된 자료를 찾아요.

③ 설명할 순서와 내용에 맞게 자료를 정리해요.

④ 정한 순서에 따라 설명하는 글을 써요.

✏️ 설명하는 글을 쓸 때 가장 유의해야 할 점을 한 가지만 써 보세요.

내가 할래요

술술술, 설명하는 글을 써 볼까?

다음은 옛날에 산간 지방에서 살던 사람들이 사용하던 '설피'라는 도구에 대해 조사한 내용입니다. 모양이나 자료를 잘 살펴보고 설명하는 글을 머리말, 본문, 맺음말로 써 보세요.

- 이름: 설피, 또는 살피
- 사용 시기: 눈이 많이 오는 겨울
- 사용 대상: 눈이 쌓인 산에 오르는 사람, 눈이 많이 내리는 강원도나 함경도 지역의 사람들
- 기능: 눈길에 빠지지 않고 걸을 수 있으며, 눈길에서 미끄러지는 것을 방지할 수 있다.
- 만드는 법: 물푸레나무, 노간주나무로 만든다. 나무껍질을 벗기고 물에 담갔다가 천천히 구부려 타원 모양을 만들고 다래 덩굴로 묶는다. 가로세로로 덩굴을 잇고, 신발을 끼울 끈을 단다.
- 사용 방법: 설피 위에 신발을 올리고 끈으로 고정한다.

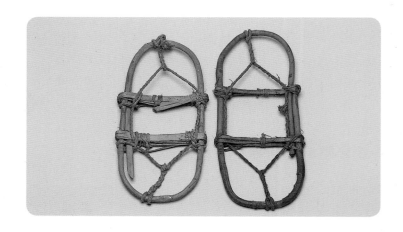

4주 학습 끝!

확인할 내용	잘함	보통임	부족함
1. 이번 주 학습을 5일(월요일~금요일) 안에 끝마쳤나요?			
2. 설명하는 글의 특징을 잘 이해하였나요?			
3. 설명하는 글의 쓰는 순서를 잘 이해하였나요?			
4. 설명하는 글을 잘 쓸 수 있나요?			

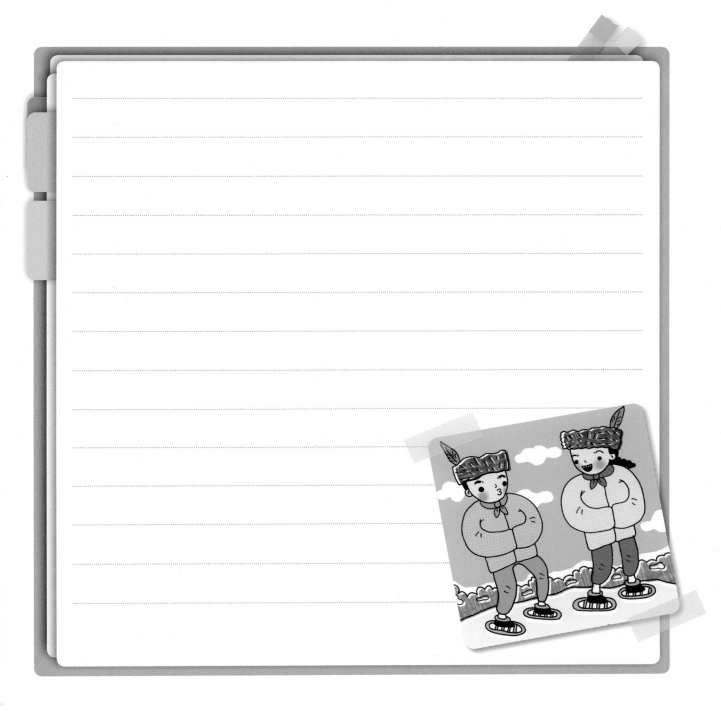

1주 반야산 불상의 전설

1주 10쪽 생각 톡톡

불상, 목탁

1주 13쪽

1 ④   2 ③   3 예 문화재에는 우리 민족의 가치관, 국가관, 윤리관 등이 고스란히 담겨 있다. 우리 조상들은 문화재가 만들어진 유래와 함께 이러한 소중한 사상이 널리 전해지도록 하기 위해서 문화재에 흥미로운 이야기를 엮어 입에서 입으로 전하였다. 이렇게 해서 문화재마다 흥미로운 전설이 얽히게 된 것이라고 생각한다.

1 불교와 직접적인 관련이 있는 문화재로는 불탑, 불상, 절 등이 있습니다. ④의 백자는 불교와 직접적인 관련이 있다고 볼 수는 없습니다.

2 이 글의 마지막 부분을 주의 깊게 읽어 보고, 나무꾼이 나그네에게 들려줄 이야기가 무엇일지 생각해 봅니다.

3 문화재는 나라와 민족의 오랜 역사가 담겨 있는 우리의 소중한 유산입니다. 문화재에 담긴 민족의 소중한 가치관, 국가관, 윤리관 등이 이야기로 엮이어 입에서 입으로 전해 내려오는 전설이 됩니다. 따라서 문화재에 얽힌 전설에는 우리 민족의 정신을 더 널리, 오랫동안 전하려는 조상의 염원이 담겨 있습니다.

1주 15쪽

1 ④   2 (1) ㉢ (2) ㉠ (3) ㉣ (4) ㉡   3 예 사계절이 뚜렷한 것의 좋은 점은 계절의 변화를 통해 새로움을 느끼고 다양한 경험을 할 수 있다는 것이다. 사계절이 뚜렷한 것의 나쁜 점으로는 계절이 바뀔 때마다 옷이나 신발 등을 사야 하기 때문에 번거로울 수 있다는 것이다.

2 봄이 되면서 따뜻하게 풀린 날씨는 무더운 여름을 지나 가을부터 기온이 서서히 내려가다 추운 겨울이 됩니다.

3 사계절의 장단점을 대조의 방법으로 설명해 봅니다. 각 계절의 다른 점을 서로 맞대어 설명해 봅니다.

1주 17쪽

1 ②, ④, ③, ①   2 ④   3 예 비과학적이라고 하더라도 전설은 우리 역사를 살피는 중요한 자료라고 생각한다. 따라서 전설을 통해 당시 사람들이 무엇을 이야기하고자 했는지 잘 살펴보아야 한다고 생각한다.

2 지방의 행정과 살림을 그 지방 주민이 선출한 기관을 통해 직접 처리하는 제도를 지방 자치 제도라고 합니다.

3 주장하는 두 가지 내용 중 여러분이 동의하는 의견을 고르고, 여러분의 생각을 자세히 설명해 봅니다.

1 ⑤ **2** (2) ◯ (3) ◯ (4) ◯ **3 예** 임금님은 어려운 처지에 있는 백성의 소리에 귀 기울여야 한다. 그래서 잘사는 일부 백성만을 위한 것이 아니라 어렵고 곤경에 처해 있는 백성을 위해 어진 정치를 해야 한다. 임금님이 어려운 처지에 있는 백성을 잘 보살펴야 더 잘 사는 나라가 될 수 있다고 생각한다.

2 '서낭당, 솟대, 장승'은 민간에 전해 내려오는 민속 신앙과 관련된 것입니다. 장독대는 간장이나 된장 같은 음식을 오래 보관하기 위해 만들었고, 징검다리는 냇물을 건너기 위해 만들었습니다.

3 어질고 현명한 임금님이라면 백성을 위해 어떤 생각을 하고, 어떤 일을 해야 할지 생각해 봅니다.

1 백제 **2** (1) ◯ (4) ◯ (5) ◯ **3 예** 나는 야구 전문 기자가 되고 싶다. 야구 전문 기자가 되기 위해 야구에 대한 책도 많이 읽고, 경기 규칙도 완전히 이해하도록 노력할 것이다. 또 경기를 보고 매번 기사를 쓰는 연습도 게을리하지 않을 것이다.

1 '웅진'과 '사비'는 백제의 도읍지였습니다.

2 낱말의 끝에 '~장이'가 붙으면 '그것과 관련된 기술을 가진 사람'이라는 뜻을 가집니다. '~쟁이'는 '그것이 나타내는 속성을 많이 가진 사람'의 뜻을 가지고 있습니다. 그 예로 '멋쟁이', '말썽쟁이' 등이 있습니다.

3 어떤 분야의 전문가가 되고 싶은지 생각해 보고, 그 일의 전문가가 되기 위해 갖추어야 할 능력이 무엇인지도 알아봅니다.

1 ⑤ **2** (1) ㉡ (2) ㉢ (3) ㉣ (4) ㉠ **3 예** 옛날에는 무거운 물건을 들어 올리는 기계가 없었기 때문에 혜명 스님은 큰 불상 머리를 몸통 위에 올리는 것을 고민했다. 이런 기술적 어려움이 있을 때는 해결 방법을 찾기 위해 과학책을 찾아본다거나 과학에 능통한 사람에게 물어보는 것이 좋다고 생각한다.

1 혜명 스님은 불상 머리를 몸통 위로 올릴 방법을 오랫동안 고민하였습니다.

3 고민이 있을 때에는 그것이 어떤 분야의 고민인지 따져 보고 좋은 해결 방법을 찾아야 합니다.

1 ⑤ **2** ①, ④, ③, ② **3 예** 고인돌은 선사 시대 무덤으로 큰 돌을 세워서 만든다. 먼저 아랫돌을 세우고 나서 아랫돌을 흙으로 덮는다. 그리고 위에 올릴 돌을 경사면으로 끌어 올린다. 마지막으로 아랫돌을 덮은 흙을 파내면 고인돌이 완성된다.

2 무거운 윗돌을 올리기 위해서는 아랫돌에 흙을 덮어 경사면을 만들고, 경사면을 따라 윗돌을 끌어 올린 후 흙을 파내야 합니다.

3 과정을 설명할 때에는 각 과정의 중요한 내용을 빼놓지 않고 설명해야 합니다.

1 ② **2** 예 (나)에서처럼 비스듬한 면으로 물건을 끌어 올리면 (가)에서처럼 수직으로 물건을 끌어 올릴 때보다 적은 힘을 들여 물건을 움직일 수 있다. 이와 같은 원리로 흙으로 만든 경사면을 이용하여 무거운 불상 머리를 몸통 위로 올려놓을 수 있다. **3** 예 사진기가 없었을 때에는 기록으로 남기고 싶은 것을 그림으로 그려야 했으므로 시간이 많이 걸리고 순간적인 장면은 기록으로 남기기 어려웠다. 그러나 사진기가 발명된 후부터는 순간순간 많은 장면을 담아 낼 수 있게 되었다.

2 비스듬한 경사면을 이용하여 물체를 움직이면 힘이 적게 듭니다. 대신에 이동 거리는 늘어납니다.

3 사진기의 역사는 매우 오래되었지만 사진을 찍기 시작한 것은 19세기 초였습니다. 조선 시대에는 임금님도 화가를 시켜 초상화를 그려야 했습니다. 나라의 큰 행사나 아름다운 풍경도 전문 화가들이 오랜 시간을 들여 일일이 손으로 그려야 했습니다.

1 ④ **2** 석가모니 **3** 예 불경이나 불상을 만들며 백성들의 마음을 한데 모으면, 하나 된 마음으로 나라를 위해 노력할 수 있다. 또한 불교를 통해 불안한 마음을 위로받음으로써 백성들의 마음이 안정될 수 있어서 좋다.

2 카필라 왕국의 샤카족 출신으로, 출가 전 이름은 고타마 싯다르타였지만 후에 '샤카'라는 민족의 명칭을 한자로 발음한 '석가'와 성자라는 뜻의 '모니'를 합쳐 '석가모니'라 불렸습니다.

3 고려 고종 때 판각되어 현재 경상남도 합천 해인사에 소장되어 있는 '팔만대장경'은 몽골이 나라를 침략했을 때 부처의 힘으로 위기를 이겨 내고자 새긴 불경입니다.

1 ③ **2** 예 (1) 냄새를 맡는다. (2) 소리를 듣는다. (3) 혀를 통해 맛을 본다. (4) 물체를 직접 접촉해서 느낀다. **3** 예 나는 애초부터 징크스를 만들지 않는 것이 좋다고 생각한다. 미리 조심하는 것도 좋지만 불안한 마음은 사람을 불행하게 만든다. 징크스에 얽매이기보다 더 즐겁고 긍정적으로 사는 것이 바람직하다고 생각한다.

2 몸은 자극을 받으면 다섯 가지 감각 기관을 통해 다양한 반응을 합니다. 이 다섯 가지 감각 기관이 제대로 역할을 하지 못하면 생활 속에서 많은 불편함을 겪게 됩니다.

3 '징크스'는 '불길한 징조, 재수 없는 일'을 뜻하는 말입니다. 그래서 사람들은 징크스에 의존하거나 더 주의를 기울이는 경우가 많습니다. 징크스가 여러분에게 어떤 영향을 미칠지 생각해 봅니다.

1 ⑤ **2** ④ **3** 예 전쟁은 순식간에 많은 것을 파괴하고, 사람들의 삶의 터전과 생명을 무참히 앗아 간다. 어떠한 목적에서라도 전쟁이 일어나서는 안 된다고 생각한다. / 전쟁을 원하는 사람은 아무도 없다. 하지만 전쟁을 일으킬 수밖에 없는 상황도 있다. 대화나 타협이 전혀 이루어지지 않고 일방적으로 공격을 받았을 때에는 나라와 국민을 보호해야 하기 때문이다.

2 영주 부석사 무량수전은 신라 시대의 문화재이고, 경복궁과 거북선은 조선 시대의 문화재입니다.

3 전쟁에 대해 깊이 생각해 보고 여러분의 입장을 근거를 들어 명확하게 써 봅니다.

1주 35쪽

1 ⑤   2 **예** 왜군이 쳐들어와 임진왜란이 일어났다.   3 **예** 부모님께. 항상 저를 보살펴 주시고 함께해 주셔서 고맙습니다. 힘든 일이 있을 때마다 부모님이 곁에 계시다는 것이 얼마나 든든한지 모릅니다. 저는 감사한 마음을 늘 가지고 있으면서도 평소에는 쑥스러워서 표현하지를 못하는 것 같아요. 감사합니다. 사랑합니다. 부모님의 기대에 어긋나지 않는 사람이 될게요.

2 논산 관촉사 석조 미륵보살 입상은 임진왜란 때, 일제 강점기 때 땀을 흘렸다고 전해지고 있습니다.

3 고마운 사람을 생각하며 어떤 점이 고마웠는지 그 마음을 담아 짧은 편지를 써 봅니다.

1주 36~37쪽   되돌아봐요

1 해설 참조   2 ①, ⑤, ②, ④, ③   3 ②, ⑤
4 **예** 이를 어쩌지? 오늘 미술 준비물을 집에 놓고 왔네.   5 ④

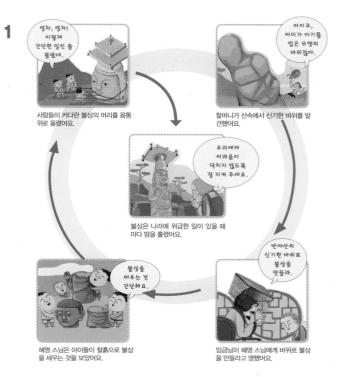

사람들이 커다란 불상의 머리를 몸통 위로 올렸어요.

할머니가 산속에서 신기한 바위를 발견했어요.

불상은 나라에 위급한 일이 있을 때마다 땀을 흘렸어요.

혜명 스님은 아이들이 찰흙으로 불상을 세우는 것을 보았어요.

임금님이 혜명 스님에게 바위로 불상을 만들라고 명했어요.

3 옛날부터 사람들의 입에서 입으로 전해 내려오는 이야기에는 '전설, 민담, 신화' 등이 있습니다.

1주 39쪽   궁금해요

①, ②

● 형태가 있는 '서울 숭례문, 경주 불국사'는 유형 문화재이고, '봉산 탈춤, 종묘 제례악'은 무형 문화재입니다.

1주 41쪽   내가 할래요

예 나는 임금님의 명을 받아 이름난 효자의 마을에 세운 문입니다. 임금님은 효자들을 칭찬하고 백성들로 하여금 효심을 갖게 하려고 나를 세웠지요. 그러니까 내가 서 있는 마을에는 이름난 효자가 있다는 것이니까 마을의 입장에서도 큰 영광이에요. 요즘 아이들 중에는 자신이 스스로 해야 할 일을 하지 않고, 부모님의 말씀도 듣지 않고, 또 부모님께 예절을 잘 지키지 않는 아이들이 있어요. 자신의 일은 스스로 하고, 부모님의 말씀을 잘 듣고, 부모님께 예의 바르게 행동하기 바랍니다.

● 효자문은 옛날에 이름난 효자를 칭찬하고, 효 정신을 기리기 위해 세운 문입니다.

2주 난중일기

2주 43쪽 생각 톡톡

임진왜란

2주 45쪽

1 ③ 2 ⑤ 3 예 일기는 자신의 이야기를 기록하는 것이라서 개인의 역사를 남기는 일이 된다. 따라서 오랜 시간이 흐른 뒤에도 자신을 되돌아볼 수 있어서 좋다. 또 일기를 쓰면서 하루를 돌아보고 내일을 계획할 수 있는 시간을 가질 수 있다.

1 이순신이 쓴 일기는 전쟁이라는 난리 중에 쓴 일기라서 후대 사람들이 '난(亂)' 자와 '중(中)' 자를 써서 '난중일기'라는 이름을 붙였습니다.

3 일기는 하루 동안에 있었던 일을 기록하는 개인적인 글입니다. 매일 일기를 쓰면 어떤 점이 좋을지 생각해서 써 봅니다.

2주 47쪽

1 ④ 2 ①, ⑤ 3 예 방과 후에 친구들과 노느라 매일 늦게 들어가 부모님께 걱정을 끼쳐 드렸는데, 앞으로는 부모님께서 걱정하시지 않게 일찍 다녀야겠다.

2 일기는 하루 동안에 있었던 자신의 경험과 생각을 솔직하게 쓰는 개인적인 글입니다. 공연을 목적으로 쓰는 글은 희곡입니다.

3 부모님을 기쁘게 해 드릴 일이나 편안하게 해 드릴 일이 무엇인지 평소 일상생활에서 한 경험을 예로 들어 써 봅니다.

2주 49쪽

1 ④ 2 자귀 3 예 나는 사회 과목을 좋아하지 않는데다 시험 기간에도 시험공부를 열심히 하지 않아서 점수가 썩 좋지 않았다. 그런데 수업 시간에 집중하겠다는 결심을 하고 사회 시간마다 선생님 말씀을 잘 듣고 예습과 복습을 하였더니 다음 시험에서 점수가 10점이나 올랐다. 이처럼 철저한 준비는 어려움을 이겨 낼 수 있는 힘이 될 뿐만 아니라 좋은 성과까지 얻을 수 있어서 좋다.

1 옛날 사람들은 날씨는 하늘의 일로 여겼습니다. 따라서 이순신은 날씨가 아군에게 유리하게 돌아가는 것을 두고 '하늘이 우리를 돕는다'고 하였습니다.

2 나무를 다듬는 연장에는 자귀, 대패 등이 있습니다.

3 전쟁을 하지 않을 때에도 만반의 준비를 하는 이순신의 준비성을 보고 여러분에게도 이와 비슷한 경험이 있는지 생각해 봅니다.

1 ② 2 (1) ② (2) ⓒ (3) ⑦ (4) ⓛ 3 예 사람들은 당장 편리한 생활을 위해 환경을 훼손하는 경우가 많다. 숲을 깎아 도로를 만들고, 배기가스를 많이 내뿜는 자동차를 타고 다니는 일은 당장은 편하지만 환경을 크게 파괴해서 뒷날 큰 고통을 받을 수 있다.

1 1593년 9월 14일 일기에는 이순신이 조총을 만드는 이야기가 나옵니다.

2 바늘은 '쌈', 김은 '톳', 고등어는 '손', 마늘은 '접'의 단위로 묶어서 셀 수 있습니다.

3 당장의 편리함을 위해 환경을 오염시키는 행동을 한 예를 생각해 봅니다.

1 ⑤ 2 ⑤ 3 예 우리 가족은 모두 네 명이다. 아빠는 운동과 음식 만드는 것을 좋아하신다. 그래서 주말이면 우리에게 맛있는 요리를 많이 해 주신다. 늘 즐거운 주말을 만들어 주시는 아빠가 참 좋다. 엄마는 예쁘지만 성격은 매우 털털하시다. 그리고 웬만해서는 잔소리를 하시지 않아서 고맙다. 내 동생은 축구광이다. 날마다 축구를 한다. 나는 동생에게 화도 잘 내고, 심부름도 자주 시키기 때문에 조금 미안한 마음이 든다. 미안한 마음을 덜기 위해서라도 앞으로는 잘해 주어야겠다.

1 옥피리 소리가 유달리 처량하게 들린 까닭은 이순신의 마음 상태와 관련이 있습니다.

3 가족 한 사람 한 사람에 대한 자신의 마음을 표현해 봅니다.

1 ⑤ 2 ②, ①, ③ 3 예 임금님, 저는 적을 물리칠 방법을 찾기 위해 적의 움직임을 빠짐없이 살피고 있습니다. 적의 약점을 찾아 공격하기 위해서입니다. 곧 좋은 소식을 전하겠으니 조금만 기다려 주십시오.

2 임금님은 육지와 바다에 있는 장수가 모두 적을 공격하지 않고 팔짱을 끼고 있음을 답답하게 여겼습니다.

3 답장을 쓸 때에는 먼저 자신에게 편지를 보낸 사람이 궁금해하는 내용에 대한 대답을 써야 합니다.

1 의병 2 ④, ①, ⑤, ③, ② 3 예 그거 좋은 생각입니다. 육지는 우리가 맡을 테니 바다는 장군께서 맡아 주십시오. 이번에는 왜놈들도 혼쭐이 날 것입니다.

1 곽재우는 경상남도 의령, 김덕령은 전라남도 담양에서 주로 활약한 의병장입니다.

3 이순신의 제안에 대해 곽재우가 어떻게 대답했을지 자유롭게 상상해 써 봅니다.

1 ⑤ 2 (1) ⓛ (2) ⑦ 3 예 살기 좋은 나라는 정의로운 나라라고 생각한다. 정의로운 사람이 많아야 하고, 정의로운 사람이 인정받아야 한다. 학교에서 공부도 가르치지만 정의가 무엇인지, 정의로운 행동이 무엇인지 가르치는 것이 중요하다고 생각한다.

3 살기 좋은 나라는 어떤 나라인지 먼저 생각해 보고, 그런 나라를 만들기 위한 방법을 써 봅니다.

2주 61쪽

1 ④ 2 ② 3 예 이순신 장군님, 너무 슬퍼하지 마세요. 돌아가신 어머니는 이순신 장군님 같은 아들이 있어서 행복하셨을 거예요. 어머니는 분명히 장군님이 슬픔을 떨치고 더 용감한 장군이 되기를 바라실 거예요. 힘내세요.

2 '백의종군'이란, 벼슬 없이 일개 병사 신분으로 군대를 따라 전쟁터로 나가는 것을 뜻합니다.

3 '위로'는 좋은 말을 하여 걱정과 근심을 덜어 주는 것을 뜻하는 말입니다. 어머니가 돌아가셔서 큰 슬픔에 빠진 이순신의 아픈 마음을 어루만져 주는 말을 써 봅니다.

2주 63쪽

1 ① 2 ⑤ 3 예 나는 시험을 두려워한다. 그래서 시험 기간이 되면 긴장을 해서 배가 아플 때가 있다. 시험에 대한 두려움을 없애기 위해서 실제 시험처럼 예상 문제를 풀어 보는 연습을 하려고 한다.

1 불을 피우거나 연기를 피워 올려 소식을 전하는 것은 조선 시대의 통신 수단 중 봉수에 해당합니다.

2 목숨에 연연해 하지 않고 죽을 각오로 싸워야 이길 수 있다는 뜻입니다.

3 두려움을 극복할 수 있는 실제적인 방법을 써 봅니다.

2주 65쪽

1 ⑤ 2 거북선 3 예 전술은 전쟁에서 눈에 보이는 전력을 뛰어넘는 힘을 가진다. 왜냐하면 전쟁이 벌어지는 곳의 자연환경을 이용한 전술이라든가, 적의 심리를 이용한 전술, 전략적인 군대 배치 등의 전술이 전쟁 상황을 변화시키기 때문이다. 실제로 이순신은 임진왜란 당시 전력이 왜군에 비해 턱없이 약했지만 뛰어난 전술 덕분에 매번 승리할 수 있었다. 따라서 전쟁에서 전술이 철저하게 준비되어야 한다.

1 이순신은 수많은 적을 섬멸하기 위하여 적진 깊숙이 침투하여 거침없이 공격을 퍼부었습니다.

3 상대가 미처 예상하지 못한 다양한 전술이 있다면 적은 병력으로도 많은 상대를 이길 수 있습니다. 그렇기 때문에 전술은 전쟁에서 가장 중요시되는 부분입니다.

2주 67쪽

1 ⑤ 2 ② 3 예 나라가 없다면 이곳은 더 이상 조선이 아니다. 나라가 없다면 조선의 장수는 더 이상 조선의 장수가 아니다. 모든 것을 잃고 싶지 않다면 도망치지 말고 조선을 지켜라!

1 이순신은 적의 사기를 떨어뜨리기 위해 바다에 빠진 적장 마다시를 끌어 올려 목을 베어 높이 걸었습니다.

2 학익진은 '학이 날개를 편 모양으로 치는 진'이라는 뜻으로, 적을 학의 날개 모양으로 둘러싸서 공격하는 전술입니다.

3 설득은 다른 사람의 마음을 움직이는 것이므로 진심을 담아 말해야 합니다.

1 (1) ⓒ (2) ⓔ (3) ⓒ (4) ⓒ   **2 예** (1) 싸울 때마다 다 이김. (2) 예부터 나를 알고 적을 알면 백전백승이라 하였다.   **3** (1) ◯ (2) X (3) ◯ (4) X (5) ◯ (6) X (7) ◯   **4 예** 나는 이이의 주장이 옳다고 생각한다. 병사를 늘리는 것은 당장에는 힘든 일이지만 전쟁은 더 큰 고통을 주기 때문에 전쟁을 막을 수만 있다면 병사를 늘려 적의 침입을 막아야 한다. 미래를 위해 현재 조금 힘들더라도 참고 만반의 준비를 하는 것이 필요하다. / 나는 유성룡의 주장이 옳다고 생각한다. 일어날지도 모를 전쟁에 대비하기 위해 10만이나 되는 대군을 만들려면 백성들이 많은 고생을 해야 하기 때문이다.

3 임진왜란 당시 왜군뿐만 아니라 조선 병사들도 조총을 사용했습니다. 또한 이순신은 뛰어난 전술을 이용해 적은 병력으로도 수많은 왜군을 무찔렀습니다. 전쟁 중에서도 이순신이 병에 걸린 아들을 걱정하는 마음이 일기 곳곳에 쓰여 있습니다.

4 이이와 유성룡이 한 주장의 핵심을 파악하고, 그것에 적절한 근거를 들어 써 봅니다.

예 거북선은 거북 등처럼 갑판이 덮개로 덮여 있고, 그 위에 창검과 송곳이 꽂혀 있어 적군이 배에 기어오르지 못하게 했다. 배의 앞에는 용머리가 달려 적을 위협하는 모양이고, 양옆으로 노가 나와 있어 전체적으로 견고해 보인다.

● 전함으로서 거북선의 특징이 무엇인지 써 봅니다.

예 내가 생각하는 이순신은 최고의 문학가이다. "난중일기"를 읽으면서 간결하지만 빼어난 글솜씨에 놀랐다. 어머니에 대한 효심과, 자식을 걱정하는 내용을 통해서는 함께 걱정이 되고 눈물이 날 정도였고, 전쟁 장면은 어찌나 생생한지 전쟁을 실제로 경험하는 느낌이 들었다. 이순신을 거친 군인으로만 생각했는데, 알고 보니 감성이 풍부한 문학가였다.

● "난중일기"를 통해 이순신의 여러 모습을 볼 수 있습니다. 그중에서 가장 자신의 마음에 와 닿는 훌륭한 점이 무엇인지 써 봅니다.

3주 우리 문화에 숨어 있는 과학

연날리기, 강강술래

1 ④   **2** ①   **3 예** 우리 생활에서 과학의 역할은 매우 크다. 우리가 매일 먹는 김치에도 발효 과학이 담겨 있다. 발효 과학은 저장 식품을 만들어 편리할 뿐만 아니라 건강에도 좋다. 이렇게 과학은 먹는 것뿐만 아니라 인간 생활의 많은 부분에서 편리하고 건강한 생활을 이끌어 주기 때문에 앞으로도 더욱 발전시켜 나갈 필요가 있다.

2 일상생활에서 조상들의 지혜와 슬기를 발견할 수 있는 물건을 찾아봅니다.

3 과학이 우리 생활과 관련 있다는 것을 실제적인 예를 들어 써 봅니다.

---

1 (1) ㉡ (2) ㉠ (3) ㉣ (4) ㉢   2 ⑤   3 예 올해는 학급 회장이 되고 싶다. 회장이 되어 수련회도 다녀오고 우리 반을 위해 멋지게 일해 보고 싶다.

1 대보름 전날 밤에는 쥐불놀이를 하고, 단오에는 씨름과 그네뛰기, 한가위에는 강강술래, 설날에는 윷놀이를 합니다.

3 여러분의 소원을 자유롭게 써 봅니다.

---

1 ③   2 ②   3 해설 참조

1 고대 그리스에서 시작된 가장 이상적인 비율을 황금 비율(1:1.618)이라고 합니다.

3 '송액영복'은 '사나운 운수인 액을 보내고 복을 기원한다'는 뜻입니다. 옛사람들은 연을 만들어 띄울 때 이처럼 새로운 해를 맞이하여 자신의 염원을 담았습니다.

---

1 ③   2 ②   3 예 연에 평화 통일의 꿈을 담은 편지를 써서 하늘로 띄워 날려 보내면 좋겠다. 연이 바람을 타고 멀리멀리 날아가 북한에 있는 동포들에게도 전해진다면 한마음으로 통일의 꿈을 키울 수 있을 것 같다.

---

3 연으로 친구끼리 재미있는 신호나 암호를 주고받을 수도 있고, 비밀이나 소원을 써서 띄워 올리는 방법도 있을 것입니다. 연을 활용한 다양한 방법을 생각해 봅니다.

---

1 ①   2 (1) 활벌이줄 (2) 꽁숫구멍   3 예 나는 댓살 붙이기가 가장 중요하다고 생각한다. 댓살은 연을 지지해 줄 뿐만 아니라 균형을 만들어 하늘로 뜰 수 있게 해 주기 때문이다. / 나는 연줄 묶기가 가장 중요하다고 생각한다. 연줄을 얼마나 균형 있게 잘 묶었느냐에 따라 연이 하늘로 잘 날아오를 수 있기 때문이다.

1 연줄은 연을 조종할 수 있는 손잡이의 역할을 합니다. 연줄을 이용하여서 연을 돌리거나 올리고, 내리거나 앞뒤로 가게 할 수도 있습니다.

3 여러분의 생각을 근거 있게 써 봅니다.

---

1 (1) X (2) X (3) ○ (4) ○ (5) ○   2 양력, 저항력
3 예 새가 하늘을 날 수 있는 것은 날개가 있기 때문이다. 발달된 날개 근육으로 몸을 하늘 높이 띄우고 유유히 하늘을 난다. 또한 새는 몸이 유선형이라서 공기의 저항을 적게 받는다. 또 뼛속이 비어 있어 몸이 가볍기 때문에 날기에 좋다.

3 새는 날개가 있고, 날개를 움직이는 근육이 발달되어 있습니다. 또 몸이 유선형이라서 공기의 저항을 덜 받으며, 뼛속이 비어 있어 몸이 가볍기 때문에 하늘을 날 수 있습니다.

1 해설 참조   **2** ②   **3** 예 문화는 글과 그림 등의 기록으로 남겨야 그 당시 사람들은 물론 후대의 사람에게까지 전해질 수 있다. 그런데 종이가 만들어지기 전까지는 나뭇잎이나 돌 등에 새겨서 내용을 전해야 했으므로 내용을 기록하는 데 한계가 있었다. 그러나 종이가 만들어짐으로써 인간의 지혜와 학문, 기술, 사상 등이 풍성하게 기록될 수 있었다. 그만큼 종이는 인류 역사를 발전시킨 발명품이라고 할 수 있다.

1 한지는 쓰임이 다양했습니다. 책을 만들 때에도, 문창호지나 등갓을 만들 때에도 쓰였습니다.

3 종이의 발명으로 인해 기록 문화가 급속도로 발전되었습니다. 종이로 묶은 많은 책들이 쏟아져 나왔고, 그와 더불어 학문도 크게 발달되었습니다.

3 과정에 따라 어떤 결과가 생길지 먼저 생각해 봅니다. 그리고 그 생각을 한지를 만드는 과정에 적용해서 일을 소홀히 하면 어떤 일이 일어날지 써 봅니다.

1 ①, ②   **2** ⑤   **3** 예 한지는 빠르고 쉽게 만들 수는 없지만 쓰임과 우수성이 뛰어나기 때문에 효율적이다. 효율성을 가늠할 때 빠르고 쉬운 것에만 기준을 둘 수 없다. 오래 걸려서 힘들게 만들더라도 얼마나 그 품질이 우수하느냐에 따라 효율성을 따져 볼 수 있다고 생각한다.

1 한지를 햇볕이나 줄에 널어 말리면 색이나 형태가 변할 수 있습니다. 한지는 방바닥이나 흙벽에 붙여서 말려야 합니다.

3 효율성의 기준이 빠르고 쉬운 것인지, 뛰어난 품질을 만드는 것인지를 따져 보고, 그 판단에 따라 한지의 효율성에 대해 생각해 봅니다.

1 ④   **2** ④, ①, ③, ②, ⑤   **3** 예 한지를 만드는 과정이 복잡하다고 해서 한 과정이라도 소홀히 한다면 좋은 한지가 만들어질 수 없다. 예를 들어 제대로 티를 고르지 않는다면 거친 한지가 나올 것이다. 과정을 소홀히 한다고 한지가 만들어지지 않는 것은 아니지만 질 좋은 한지를 만들 수는 없을 것이다.

1 ①, ⑤   **2** 무구 정광 대다라니경   **3** 예 한지는 질기기 때문에 문창호지로 많이 쓰인다. 이 밖에도 등갓을 만들 때나 책을 만들 때 사용한다. 한지로 명함 등을 만든다면 멋스러우면서도 잘 찢어지지 않는 성질 때문에 오래 사용할 수 있을 것 같다.

2 '무구 정광 대다라니경'은 통일 신라 시대 때 만들어졌지만 오늘날까지도 잘 보존되어 있습니다.

3 한지의 여러 가지 특징 중에서도 질긴 성질에 중점을 두어 활용 방법을 써 봅니다.

3 문화유산은 나라를 대표하는 상징과 같습니다. 이와 관련하여 문화유산이 소중한 까닭을 먼저 생각하고, 그렇게 생각하는 까닭과 함께 여러분의 주장을 써 봅니다.

3주 97쪽

1 ② **2** ②, ④, ⑤ **3** 예 요즘에는 환경 호르몬 문제가 심각한데 한지는 화학 약품이 전혀 들어가지 않아서 걱정이 없습니다. 그러므로 집을 지을 때도 벽지나 장판을 한지로 하면 환경 호르몬 걱정은 하지 않아도 될 것입니다. 보다 건강한 생활을 원한다면 벽지나 장판에 한지를 사용할 것을 권합니다.

1 한지에는 화학 약품이 전혀 들어가지 않습니다. 사람의 정성과 노력만으로 나무에서 한지가 된다고 하였습니다.

3 한지가 가진 장점을 소개합니다.

3주 100~101쪽   되돌아봐요

1 ③, ②, ④ **2** 예 연을 날릴 때에는 얼레를 잡은 사람이 바람을 등지고 연줄을 20~30미터쯤 푼다. 그리고 다른 한 사람이 연을 잡아서 바람을 타도록 연을 띄워 주면 연이 쉽게 날아오른다. **3** (1) ⓒ (2) ⓔ (3) ⓛ (4) ㉠ **4** 예 창문이나 방문에 사용하는 창호지는 여름에는 바람이 잘 통하게 하고, 겨울에는 바람을 막아 준다. 이는 한지가 통기성도 좋고, 보온성도 뛰어나기 때문이다.

4 요즘에는 한지를 활용한 다양한 상품이 개발되어 일상생활에서 널리 사용하고 있습니다. 한지로 등갓을 만든다거나 필통, 지갑 등의 생활 소품을 만들어 사용합니다.

3주 99쪽

1 ④ **2** ②, ③, ⑤ **3** 예 우리 문화유산에 담긴 가치와 정신은 오늘날까지 전해 내려오고 있고, 이것은 우리의 후대까지 전해질 것이다. 문화유산이 과거와 현재, 미래를 이어 주는 끈이 되는 것이다. 또 문화유산은 우리나라를 대표하는 얼굴이며 외국에 널리 알릴 수 있는 상징이다. 따라서 우리 문화유산을 모두가 더 소중히 여기고 보호해야 하는 것은 당연한 일이다.

3주 103쪽   궁금해요

예 탁 트인 하늘을 바라보며 바람을 이용해 연날리기를 하는 것은 매우 즐거운 놀이임이 틀림없다. 뿐만 아니라, 사람들은 오래전부터 하늘을 나는 꿈을 꾸었기 때문에 그 꿈을 연에 실어 하늘로 높이 띄웠을 것이다.

예 우리가 사용하는 옹기는 흙으로 빚어서 만드는데, 흙 사이에 있는 미세한 구멍을 통해 옹기의 안과 밖으로 공기가 드나들 수 있다. 이런 특성 덕분에 옹기에 술을 담그면 맛있게 술이 익고, 장을 담그면 장맛이 깊어진다. 옹기가 음식의 발효를 돕는 것이다. 보통 항아리는 마지막에 유약을 발라 굽는데 표면에 유약을 바르면 공기구멍을 막아서 항아리로서의 제구실을 할 수가 없다. 그래서 유약을 바른 후에 솔로 문질러 공기구멍을 남겨 두었다.

● 옹기는 우리 조상들이 사용하던 전통 도자기입니다. 옹기의 특징을 찾아보고, 옹기가 사용된 예를 조사하여 근거를 들어 써 봅니다.

4주 설명하는 글은 어떻게 쓸까요?

사실, 정보

1 ②　2 ②　3 **예** 설명하는 글은 어떤 대상에 대한 사실과 정보를 읽는 사람이 이해하기 쉽게 풀어 쓰는 글이다. 이에 비해 기행문은 여행하면서 본 것, 겪은 것, 느낀 것 등을 기록하는 글이다.

---

2 경복궁의 역사와 전통 등에 대한 정보를 찾아볼 수 있는 자료를 생각해 봅니다.

3 설명하는 글이란 읽는 사람의 이해를 목적으로 정보와 사실을 전달하는 글입니다. 기행문은 여행하면서 겪은 일에 대한 생각이나 느낌 등을 쓴 글입니다.

1 ①, ③　2 ③　3 **예** 휴대 전화는 강한 충격이나 높은 온도, 물에 약하므로 조심해야 하고, 안전사고를 당할 수 있으니 조심해서 사용해야 한다.

3 주어진 내용은 휴대 전화는 편리한 기계이지만 잘못 사용하면 위험할 수 있으니 조심하라는 주의 사항을 적은 글입니다.

1 ①, ③　2 ⑤　3 **예** 이 약을 먹을 때 다른 약과 함께 먹으면 몸에 이상이 생길 수 있습니다. 그러므로 이 약만 먹는 것이 좋습니다. 그러나 어쩔 수 없이 다른 약과 함께 먹어야 할 경우에는 의사와 상의하세요.

1 글 (가)와 글 (나)는 모두 반려동물에 대해 설명하는 글입니다. 설명하는 글은 사실을 있는 그대로 쓰되, 읽는 사람이 이해하기 쉽게 써야 합니다.

3 설명하는 글은 알기 쉬운 낱말을 사용하여 문장을 짧고 간결하게 씁니다.

정답및해설

4주 115쪽

1 ④, ②, ①, ③ 2 ⑤ 3 예 (1) 종이 고리 마술의 방법을 구체적으로 설명한 내용 (2) 종이 고리 마술의 원리와 이 마술이 간단하여 누구나 따라할 수 있다는 내용

2 뫼비우스의 띠의 특징은 어느 지점에서나 띠의 중심을 따라 이동하면 출발한 곳과 정반대 면에 도달할 수 있고, 계속 나아가 두 바퀴를 돌면 처음 위치로 돌아오게 된다는 것입니다.

3 '머리말'은 설명할 대상이나 글을 쓰는 까닭 등을 밝히고, '본문'은 여러 가지 설명 방법을 써서 대상을 구체적으로 설명합니다. '맺음말'은 본문에서 설명한 내용을 간단히 요약하여 마무리합니다.

4주 117쪽

1 ②, ③ 2 ⑤ 3 예 우선 두뇌 운동에 좋다. 왜냐하면 정육면체를 어떻게 돌려야 색을 맞출 수 있는지 생각해야 하기 때문이다. 또 이 게임은 간단한 요령만 익혀서 연습하면 남녀노소 누구나 시간과 장소의 제한 없이 할 수 있다는 장점이 있다.

3 맺음말은 본문에서 설명한 내용을 요약하여 마무리한 글입니다. 맺음말에 들어간 내용을 보고 본문의 빈칸에 들어갈 글을 짐작하여 써 봅니다.

4주 119쪽

1 ⑤ 2 (1) ◯, 객관적으로 정확한 사실이 아니라 추측성 정보이기 때문이다. (2) ×, 글쓴이의 느낌을 말하고 있기 때문이다. 3 (1) ㉡, ㉢, ㉣, ㉤, ㉥, ㉦, ㉠ (2) 예 치타의 몸에 있는 무늬, 긴 꼬리, 눈 주위의 검은 부분이 사냥을 할 때 도움을 준다. 우선 치타의 몸에 있는 점무늬는 치타를 먹잇감의 눈에 잘 띄지 않게 해 주기 때문에 치타가 먹잇감에 가까이 갈 수 있다. 또 치타는 먹잇감을 쫓을 때 긴 꼬리를 이용하여 방향을 빠르게 바꿀 수 있다. 게다가 치타의 눈 주위의 검은 부분이 햇빛의 반사를 막아 주므로 먹이를 놓치지 않고 사냥할 수 있도록 도와준다.

3 머리말에서는 주제에 대해 간단히 소개하고, 맺음말에서는 본문을 요약하고 마무리해야 합니다. 앞에서 가려 뽑은 내용을 잘 정리하여 써 봅니다.

4주 121쪽

1 ④ 2 (1) ㉡ (2) ㉠ 3 예 삽살개와 진돗개는 둘 다 우리나라의 천연기념물로 지정되어 보존되고 있다. 두 개의 생김새는 매우 다르다. 특히 삽살개는 머리 부분의 털이 눈을 덮고 있고, 귀가 늘어져 있다. 반면에 진돗개는 털이 길지 않으며 귀가 뾰족하게 서 있다.

3 삽살개와 진돗개는 오래전부터 우리나라에서 길러 오던 개이며 천연기념물로 지정된 동물이라는 공통점이 있습니다. 주어진 자료에서 두 개의 차이점은 생김새에서 찾아볼 수 있습니다.

1 (1) ⓛ (2) ㉠　2 ④　3 **예** 개미는 일반적으로 하는 일에 따라 여왕개미, 수개미, 일개미로 나뉜다. 여왕개미는 알을 낳는 일을 하고, 수개미는 여왕개미가 알을 낳을 수 있도록 여왕개미와 찍짓기를 하며, 일개미는 집을 짓고 먹이를 구하여 저장하는 일을 한다.

2 두리의 글은 치타의 몸 구조와 고양잇과 동물의 분류에 대해 설명하고 있습니다. 이와 관련된 자료가 아닌 것을 찾아봅니다.

3 개미를 '여왕개미, 수개미, 일개미'의 세 가지 종류로 나누는 기준은 '하는 일'입니다. 이것을 기준으로 하여 개미의 종류를 분류의 방법으로 설명하는 글을 써 봅니다.

1 ⑤　2 ④　3 **예** 치타는 몸길이가 약 1.5미터에 이르는 고양잇과의 포유류 동물이다. 치타는 사냥하기에 좋은 몸의 구조를 이용하여 먹잇감을 잡는다. 그렇다면 치타의 몸 구조에 대해서 자세히 알아보자.

2 두리는 본문에서 치타가 자신의 몸을 이용하여 어떻게 사냥하는지 설명할 것이라고 했습니다. 이와 관계없는 내용이 무엇인지 찾아봅니다.

3 머리말에서는 설명하고자 하는 어떤 사물이나 문제 등을 제시하고, 설명 방법, 글을 쓰는 까닭 등을 밝힙니다.

1 ③, ⑤　2 ③　3 **예** 이처럼 치타는 날렵한 몸과 길고 빠른 다리, 방향을 바꿀 수 있는 꼬리, 먹잇감의 눈에 잘 띄지 않는 몸의 무늬, 눈부심을 막아 주는 눈 주위의 검은 부분, 입속 구조 등 사냥하기에 좋은 몸의 구조를 고루 가지고 있다. 이 덕분에 치타는 먹이를 사냥하는 데 어떤 육식 동물보다 탁월한 능력을 발휘한다.

3 머리말과 본문에서 쓴 내용을 맺음말에서 간단히 요약하고 마무리합니다.

1 ③　2 ⑤　3 **예** 이처럼 일기도는 다양한 기호와 숫자 등으로 각 지역의 날씨를 알려 줍니다. 따라서 사람들은 일기도를 보고 날씨를 예측하며 생활할 수 있습니다.

2 등압선의 간격은 바람의 강한 정도를 나타낸다고 하였습니다. 맑고 흐린 정도는 기압 표시에서 알 수 있습니다.

3 문법에 어긋난 부분이 없는지 살피고 맺음말의 내용으로 적절한지도 살펴봅니다.

1 ⑤　2 ①　3 **예** (1) 어린이 소화제는 어린이들이 먹는 약이므로 복용 방법을 정확히 알고 먹어야 합니다. 그렇지 않으면 부작용이 생겨서 어린이의 건강을 해칠 수 있기 때문입니다. (2) 이와 같이 어린이 소화제는 증상에 맞게 정확한 양을 복용하고 알맞게 보관하는 것이 중요합니다.

2 소화제의 효능, 복용량, 보관 방법 등을 바르게 이해한 친구를 찾아봅니다.

3 설명서의 머리말에서는 주제를 소개하고, 맺음 말에서는 본문을 요약하여 마무리해야 합니다.

4 주어진 자료에서 머리말과 본문, 맺음말에 쓸 부분을 나눈 뒤 주제에 맞게 설명하는 글을 완성합니다.

4주 135쪽 **궁금해요**

> 예 정확한 사실이나 정보를 바탕으로 객관적으로 쓴다.

● 설명하는 글은 어떤 지식이나 사실을 읽는 사람이 알기 쉽게 풀어서 쓰는 글입니다. 설명하는 글을 쓸 때에는 사실을 객관적으로 써야 합니다.

4주 132~133쪽 **되돌아봐요**

1 (1) 국보 제287호 백제 금동 대향로 (2) 백제 시대에 만들어진 향로이다. (3) 부여의 능산리 절터에서 발견되었다. (4) 백제 금동 대향로는 금동으로 크고 화려하게 만들어 당시의 뛰어난 금속 공예 기술을 알 수 있게 해 준다. (5) 옛날에는 나쁜 냄새와 나쁜 기운을 없애기 위해 향을 피웠다. (6) 향로 뚜껑에는 향의 연기를 빼내기 위한 12개의 구멍이 있다. **2** ㉠, ㉡, ㉢, ㉣ **3** 예 (1) 백제 금동 대향로는 백제의 아름다운 미술 문화와 사상을 엿볼 수 있는 귀중한 문화재이다. 그렇다면 백제 금동 대향로를 자세히 관찰하여 그 아름다움을 알아보자. (2) 연꽃의 중앙이 아래위로 분리되어 향로의 몸체와 뚜껑을 이룬다. 향로의 맨 위쪽에는 봉황이 있고, 그 밑에 신선이 사는 산과 다섯 명의 악사가 있다. 뚜껑에는 16명의 인물상과 39마리의 동물이 있고, 몸체에도 26마리의 동물이 조각되어 있다. 몸체 아래에는 승천하려는 용이 연꽃을 입으로 받치고 있다. (3) 이와 같은 특징으로 볼 때 백제 금동 대향로는 당시 중국의 향로에 비해 창의성이 매우 뛰어난 작품으로 평가된다. 백제의 금속 공예와 미술 문화, 종교와 사상, 제조 기술까지 한눈에 살펴볼 수 있는 귀중한 작품이다.

4주 137쪽 **내가 할래요**

> 예 우리 조상들이 쓰던 물건 중에는 환경을 슬기롭게 극복하기 위해 만든 것이 많다. 설피도 그런 물건 중의 하나이다. 눈이 많이 오는 강원도나 함경도 지역에서는 신발 밑에 설피를 신었다. 설피는 주로 물푸레나무, 노간주나무로 만들었다. 나무껍질을 벗기고 물에 담가 두면, 나무가 잘 구부러져서 타원 모양으로 만들 수 있다. 이것을 다래 덩굴로 묶고 가로세로로 덩굴을 이으면 넓고 평평한 바닥이 만들어진다. 마지막으로는 신발을 끼울 수 있는 끈을 연결한다. 완성된 설피를 신고 눈길을 걸으면 눈길에 빠지거나 미끄러지는 것을 막을 수 있다. 이와 같이 설피에는 산간 지역의 날씨에 적응하며 살았던 우리 조상들의 지혜가 담겨 있다.

● 설명하는 글을 쓸 때에는 쓰는 순서를 정하고, 알맞은 설명 방법으로 써야 합니다.

5권 구매 등록마다 선물이 팡팡!

세토 시리즈
래빗 포인트

★★ 래빗 포인트 적립하기

🐰 포인트 번호

D8CQ-16JB-PKNJ-530U

 1 래빗 포인트란?

NE능률 세토 시리즈 교재 구매 시
혜택을 드리는 포인트 제도입니다.
1권 당 1P가 적립되며, 5P 적립마다
경품으로 교환 가능합니다.
(시리즈 3종 포함 시 추가 경품 증정)

 2 포인트 적립 방법

1 세토 시리즈 교재 구입
2 래빗 포인트 적립 페이지 접속
   (QR코드 스캔)
3 NE능률 통합회원 로그인
4 포인트 번호 16자리 입력

 3 포인트 적립 교재

- 세 마리 토끼 잡는 독서 논술
- 세 마리 토끼 잡는 초등 독해력
- 세 마리 토끼 잡는 급수 한자
- 세 마리 토끼 잡는 초등 어휘
- 세 마리 토끼 잡는 역사 탐험
- 세 마리 토끼 잡는 초등 한국사
- 세 마리 토끼 잡는 쓰기

★ 포인트 유의사항 ★

- 이름, 단계가 같은 교재의 래빗 포인트는 1회만 적립 가능하며, 포인트 유효기간은 적립일로부터 1년입니다.
- 부당한 방법으로 래빗 포인트를 적립한 경우 해당 포인트의 적립을 철회하고 서비스 이용을 제한할 수 있습니다.
- 래빗 포인트에 관한 자세한 사항은 래빗 포인트 적립 페이지 맨 하단을 참고해주세요.

NE 능률